PROXIMA

En couverture : Exoplanètes – une œuvre de Marlène Viala

8 rue entre les Tours – 30700 Uzès

viamarlene@yahoo.fr

"L'avenir n'est pas ce qui va arriver, mais ce que nous allons faire. "

Henri Bergson

© 2023 Philippe MALGRAT
Édition : BoD - Books on Demand, info@bod.fr
Impression : BoD - Books on Demand, In de Tarpen 42,
Norderstedt (Allemagne)
Impression à la demande
ISBN : 978-2-3224-7186-7
Dépôt légal : avril 2023

– 1 –

Bastille – République : À bas les lois scélérates !

Elle promettait d'être suivie cette manif ! Carole, dévala la cage d'escalier depuis son nid d'aigle du 6e étage et remonta le boulevard Voltaire pour rejoindre le départ du cortège. Les drones, les robots porte-voix et la large banderole de tête, tout était déjà en place. Elle eut un mal fou à la contourner pour se joindre au groupe des manifestants trotskistes, avec lesquels ce jour-là, elle se sentait en symbiose, bien qu'elle ne l'eût jamais revendiqué. Elle sortit son gilet à bandes fluo, ainsi qu'une provision de stickers et de tracts à distribuer et proposa, à l'un des leaders du mouvement pour la croisade antiraciste, de tenir l'un des piquets de la bannière de revendications : « Vérité vengeance justice pour Omar - déclaré coupable et condamné ». C'était une vieille histoire qui datait de la manifestation précédente. Il y avait eu quelques débordements. Qu'importe ce qu'il y avait d'écrit. Elle était là pour participer.

Depuis longtemps, il n'y avait plus de contre-pouvoir. Les élections, ce n'était plus un enjeu. On ne votait plus. La rue vous dis-je ! Pour Carole, manifester c'était sa façon de réagir et d'être en accord avec ses convictions. Elle, dont le mode de vie était à la fois si bobo et si rangé…

Les leaders politiques de l'opposition étaient en pourparlers. Ils devaient décider s'ils défileraient ensemble avec les radicaux, ou séparément. Les incantations relayées par les porte-voix se répondaient l'une l'autre, en alternant les slogans : *Arrêtons la destruction sociale et la liquidation de tous nos droits !* Ou encore : *C'est l'inquisition. À bas les procès hitléro-staliniens de nos camarades !* Après une longue attente scandée par les cornes de brume, le piétinement prit fin et laissa place à la marche contre le projet de loi d'une zone franche de peuplement des réfugiés climatiques. L'enjeu, c'était d'y accueillir cinq millions d'immigrés ! L'État procéderait à un legs à bon compte de régions dépeuplées du Centre, contre la promesse à n'y fixer aucune règle, à n'y prélever aucun impôt. L'existant se limitait à des bâtisses non dénuées de charme comme d'antiques mairies, de postes, de voies ferrées et de gares du début du XXe siècle, abandonnées depuis. Elles avaient perduré parce que restaurées par des passionnés, nostalgiques d'un passé où l'empreinte d'œuvres humaines pionnières avait un sens. Le Ministre de l'Intérieur était intervenu à l'assemblée. La position du gouvernement était contestée : le devenir de ces territoires ne dépendrait dorénavant que d'investisseurs privés. La force publique, échaudée par nombre de projets stoppés par les zadistes voulait se désengager. Ce samedi, démarrait la troisième manifestation contre cette nouvelle loi.

Le tumulte, les slogans assénés répétés par la foule s'amplifièrent d'un coup. Une clameur s'éleva. Le boulevard Voltaire en était coutumier. Les riverains, dans ce quartier devenu si bourgeois, se sentaient peu solidaires du mouvement social, de ses manifestations assourdissantes sous leurs fenêtres. De rares balcons étaient investis par des curieux. Ce grondement *revendicard* bien rodé rythmait l'avancée du cortège. Le long des trottoirs on reconnaissait à leur brassard les volontaires du service d'ordre, ainsi que des journalistes qui tâtaient le pouls de l'opinion. Des piles immenses de chapeaux mexicains défiaient l'équilibre. Les porteurs de micros aux sigles de chaînes de radio et de télévision « convenues » étaient chahutés. Leur présence ici, c'était comme de la provocation !

Une nuée de drones de police investit tout d'un coup les groupes de manifestants. Ils volaient tels des mouches, scrutant la foule de leur trajectoire erratique, stoppant çà et là pour enregistrer des faciès. C'est là que les sombreros et les bâtons trouvaient leur utilité. Les habitués en maîtrisaient l'usage. Ils connaissaient la parade. Lorsqu'un drone se rapprochait, chacun de se cacher sous son large chapeau, de déployer son bâton à la verticale et de porter un coup précis dans les pales pour tenter de le mettre à terre. En cas de succès, les drones étaient rageusement piétinés puis exhibés comme des trophées ! Il y avait aussi des caméras, sans que l'on sache si elles étaient là à demeure, ou si elles avaient été installées pour la reconnaissance de groupes violents.

Portée par la manif, Carole Le Goff, un peu naïve, ne s'en souciait guère. Elle incarnait la jeune parisienne du 11e. Fille de député, son père lui avait laissé son appartement dans les combles, rue Oberkampf, peu pratique mais si plein de charme ! Elle y logeait avec Marc, son compagnon, un comédien humoriste qui se produisait dans les théâtres de Montmartre, ainsi que sa fille, qu'elle avait eue très jeune. Tout en adoptant le mode de vie bohème, restos en terrasse, cafés-théâtres, brunchs le dimanche sur le bord du canal saint Martin, où l'on confirmait entre copines ses convictions de gauche, son statut social était privilégié et sans rapport avec celui des autres manifestants. Après ses études à sciences Po, n'avait-elle pas été embauchée dans cette banque d'affaires pour y promouvoir des investissements en rapport avec l'écologie ? Elle comprit après quelques mois, que la sincérité de son employeur sur la transition énergétique n'était que de façade.

À la maison, c'était elle qui portait la culotte. Ce n'était pas le montant irrégulier des cachets de Marc, intermittent du spectacle, qui leur procurait l'aisance et la stabilité auxquelles elle s'était habituée. Elle avait été tentée par le militantisme, prônant l'écologie radicale et la décroissance. Mais le réalisme lui recommandait de se conformer aux règles de conduite professionnelle inhérentes à son job. Les manifs, c'était son jardin privé. Elles étaient l'occasion d'agir en accord avec ses idées. Elle aimait d'ailleurs en raconter à ses copines et parfois même à ses collègues de confiance.

Le broker milliardaire et son affaire prospère en Arctique

Depuis la salle panoramique au faîte de la tour Naberejnaïa, impossible de rester blasé en observant la skyline, la Moskova en contrebas et en face, le plus haut gratte-ciel du complexe de la Fédération. C'était dans le quartier d'affaire de Moscou que se réunissait une fois l'an dans ce luxueux écrin, le conseil d'administration de la DBO. Dmitri Bogodine présidait la réunion. Rodé à cet exercice d'importance, sa physionomie trahissait pourtant ce jour-là un profond désintérêt. Pourquoi ne consacrait-il pas aujourd'hui toute son attention à écouter le rapport d'activité de son directeur financier ? Bogodine incarnait une de ces figures montantes de la Russie. Un original, atypique, dont l'immense fortune ne relevait d'aucune connivence avec le pouvoir. Il s'était fait tout seul. Aussi était-il considéré comme indocile par le Kremlin, mais trop puissant pour être soumis. Parmi ses hauts faits d'arme, n'avait-il pas damé le pion aux Chinois en rendant caduque leur route maritime de la soie ? Le réchauffement climatique, et en particulier celui du territoire de la zone boréale de la Sibérie, couverte jusqu'à présent de neige, de glace et de permafrost, fut pour lui une opportunité formidable. Parti d'une flotte de deux brise-glace soviétiques réformés qu'il racheta, il mit en place une voie commerciale bien plus directe que le contournement par le sud. Il était en effet plus rentable de suivre la route de l'Arctique, sous peu qu'elle présentât toutes les garanties de sécurité et de fiabilité attendues d'une voie maritime mondiale. Les rafiots battant pavillon de la DBO, compagnie qu'il avait fondée et qui portait ses initiales, s'étaient rapidement transformés en une flotte d'une dizaine de brise-glace nucléaires et d'une cinquantaine de portes containers et de méthaniers. Ses comptoirs, bien équipés en zone de fret, en réserves de carburant, en logements et en infrastructures hôtelières, jalonnaient ainsi toute la côte sibérienne, de Mourmansk à Vladivostok. Il y avait longtemps que l'entrée de la Mer Baltique avait supplanté le détroit de Gibraltar pour le trafic maritime commercial. Cette hégémonie avait valu à Dmitri Bogodine quelques différends récents avec les autorités de son pays. Convoitise et jalousie du pouvoir obligent…

La cinquantaine grisonnante, il s'entretenait. Svelte et élégant, il était loin d'exhiber ce faciès raviné, ce regard hagard qu'affichaient les vorys* de la Bratva* comme d'ailleurs la plupart des nouveaux riches. A cet âge, beaucoup d'oligarques à la fortune vite faite avaient déjà cédé aux méfaits du SAF. Ce carburant de synthèse était préféré à la vodka pour ses effets foudroyants sur le cortex cérébral. Il évitait aussi la débauche lors de ces fameux week-ends, treillis de rigueur, dont l'apparente camaraderie permettait de s'adonner à toutes sortes d'excès en compagnie d'officiers véreux du KSB.

Bratva : Mafia russe. Vorys membres de la mafia reconnaissables à leurs tatouages.

Un passage obligé où les uns chargeaient leur SUV de AK47 et de munitions et les autres emmenaient Tochkas et caviar pour se retrouver dans des coins perdus, proches de Mourmansk, propices aux tirs, à la chasse* et à d'autres plaisirs. Il n'avait pas non plus de penchant pour les blondes élancées coutumières du botox et des cuirs de luxe. Quelques beautés fatales lui avaient bien tourné autour, mais il ne voulait pas s'encombrer de procès en divorce et d'articles à sensations dans Star Hit et autres revues « people ». Aussi, était-il resté célibataire et se tenait à l'écart des soirées de l'évènementiel Moscovite. Il n'avait pas d'enfants.

Cette journée, plus que d'habitude, il rêvait, il n'écoutait plus en proie à une autre ambition. Sa passion ce n'était pas l'argent…mais les sciences physiques et plus particulièrement celles qui touchaient aux techniques spatiales. Elles le dévoraient au point que depuis peu, il ne se préoccupait plus de l'avenir de la DBO. L'affaire n'était-elle pas sur des rails ? Il voulait passer à autre chose. Quelles que soient les circonstances, il adaptait son emploi du temps et ne manquait pour rien au monde un colloque international sur la découverte d'exoplanètes, sur la biologie cellulaire et autres symposiums d'anthropologie. L'opportunité d'une rencontre avec une civilisation d'humanoïdes l'obsédait. Comment y arriver alors que la vitesse de la lumière était hors de portée ?

Allusion au film Léviathan, écrit et réalisé en 2014 par Andreï Zviaguintsev.

Tant que l'on se contenterait de la génération des fusées à ergols, l'exploration spatiale ne pouvait que se restreindre à la collecte de cailloux stériles à portée immédiate. La conquête de Mars n'avait-elle pas incarné avec Elon Musk, la caricature d'une exploration spatiale qui ne passionnait que les aînés ? Elle ne provoquait que bâillements chez les jeunes, eux qui se réfugiaient dans des romans et jeux vidéo beaucoup plus évocateurs d'expériences oniriques, de sensations porteuses d'espoirs et de renouveaux. Et c'est justement ce qu'il déplorait : l'absence d'ambition des agences comme Ros cosmos ou la Nasa. En épluchant la quasi-totalité des articles sur les projets de futures missions spatiales, jamais il n'avait lu une seule ligne évoquant la volonté d'explorer l'Espace au-delà du Système solaire. Il ne s'expliquait pas non plus que les photons fussent attirés puis engloutis par les trous noirs. Il en était venu à la conclusion que la science présentait des lacunes. Il fallait être proactif, c'est-à-dire orienter la recherche en physique théorique et bousculer les spéculations des biologistes et des anthropologues pour qu'ils imaginent notre rencontre avec d'autres mondes. Il en était persuadé : c'était à lui et à lui seul que revenait la mission de pousser et de financer les avancées scientifiques propices à l'exploration interstellaire. Sa fortune personnelle le permettrait. Il lui manquait cependant de ne pas avoir été introduit auprès des responsables de Ros cosmos et la considération de ces laboratoires publics exsangues, où se cultivait la connaissance pure.

- 3 -

Paimpont – Zomia Ouest. Département D'Ile et Vilaine.

Carole venait d'appeler. Elle rendrait visite ce week-end à son père, seule, sans sa fille. Ce n'était pas si souvent qu'elle entreprenait un déplacement pour le voir. La tâche était rendue difficile par la disparition des transports publics entre Rennes et Paimpont. Peut-être voulait-elle régler quelques affaires familiales, se disait-il ? Elle en avait certainement besoin.

Anicet Le Goff, ancien parlementaire, avait quitté Paris pour vivre dans un cadre bucolique à l'écart du monde. Breton d'origine, écologiste pragmatique par conviction, il avait choisi de passer ses vieux jours dans une ancienne ferme qu'il avait aménagée à son goût. Comble de l'ironie, il découvrit que son voisin le plus proche n'était autre que Xavier Cochet, le chantre de l'effondrisme (*Mouvement écologiste radical des années vingt, prônant la fin de notre civilisation occidentale*), son ancien adversaire politique.

Sans esprit revanchard, c'est tout naturellement que cet ancien ministre de l'écologie qui avait été connu pour ses idées radicales, était venu lui rendre visite après son emménagement.

Nous devons bâtir un réseau de solidarité entre voisins. Ce n'est pas que l'on croie en l'espèce humaine, mais la survie est collective. Tout seul, vous tenez trois jours. C'est à *l'échelle d'une bio région que l'on peut survivre**, lui avait-il sermonné.

Il l'avait même invité à visiter son domaine qui lui assurait l'autosuffisance. « Anicet, mon cher voisin », comme il le répétait à l'envi. Il avait acquis il y a une cinquantaine d'années, une vaste longère, pour lui et sa fille. Elle devait être suffisamment grande avec ses dépendances et ses terres pour y élever des chevaux, le mode de traction du futur, pensait-il et y disposer de toutes les commodités comme un étang pour les poissons, un puits pour l'eau potable, ainsi qu'un bois pour le combustible. Il ne voulait pas que leur logis soit situé trop proche du rayon d'influence de la capitale régionale, incluse dans la zone économique active, selon la nouvelle dénomination territoriale. À la préfecture, on lui avait assuré que Paimpont, leur future villégiature, appartenait bien à la Zomia, paradis des écologistes et refuge des retraités en mal de ressources, c'est-à-dire les plus nombreux.

Anicet entreprit de rassembler quelques souvenirs. Carole aimerait les retrouver et les emporter. Il fouilla méticuleusement cette vieille commode dont les tiroirs coulissaient difficilement. Ils contenaient encore quelques cahiers jaunis ainsi qu'une photo de classe qui devait dater de ses dernières années de lycée, lorsqu'ils habitaient rue Oberkampf. Il aperçut par hasard derrière la commode le coin d'une photo encadrée.

** Propos authentique d'Yves Cochet*

Elle avait glissé là alors qu'il avait consacré des jours à sa recherche. Un des derniers souvenirs de sa période active.

N'avait-il pas changé trois fois d'appartenance politique dans toute sa carrière ? La photographie représentait un groupe d'une quinzaine de députés constitué majoritairement de femmes, qui par ce lien très fort d'appartenance, avaient posé là, dans la rotonde Alechinsky. Anicet avec un large sourire, trônait accroupi au centre. Leur point commun n'était-il pas d'avoir porté avec conviction et courage, cette loi sur la sanctuarisation d'un territoire libre et exempt des devoirs et de la manne redistributive de l'État ? Cet immense territoire du Centre et du Sud Est, grand comme la Belgique et moins peuplé que le Sahara, constituait un atout géographique de la France et la réponse à peu de frais, aux objecteurs de l'État, de plus en plus nombreux. Personne en effet ne le revendiquait vraiment, hormis quelques squatters écologistes ou zadistes. Cette région était exempte de toute activité économique répertoriée. Il fallait jusqu'à une demi-heure de voiture pour se rendre chez son voisin le plus proche. Un siècle après les soixante-huitards, ce furent des cohortes de néo retraités et de néoruraux, qui peuplèrent progressivement la Zomia. Des habitats écolos construits en pisé, coiffés d'une ossature en grumes locaux et couverts de chaume, constituaient la réponse appropriée à la demande de ces nouveaux colons. C'était surtout une manne très profitable pour les promoteurs immobiliers qui avaient flairé le filon et s'étaient enrichis. Anicet déplorait les convictions récentes de sa fille, qui lors de discussions de fin de repas, semblait tentée, malheureusement comme lui, par les sirènes du retour à la terre et par la ruralité.

<h1 style="text-align:center">- 4 -</h1>

La visite du CERN

Fondé, il y a un siècle, le CERN était toujours considéré comme le plus grand centre de recherche mondial de la physique. La Russie y prenait part. Aussi, Dmitri Bogodine s'y rendit pour s'entretenir avec Alexis Vassilieff, un chercheur très compétent mais un peu fantasque.

« À cette heure, c'est à la cantine que vous avez le plus de chance de le rencontrer » lui conseilla le gardien.

Il n'y avait pas d'équipes constituées pérennes dans ce centre dont l'organisation originale lui échappait. Il n'avait pu ainsi identifier un hiérarchique de l'équipe physiciens de l'université de Moscou pour solliciter l'entretien. Ici, comme pour toutes les délégations, personne ne pouvait recevoir d'ordres ou assigner quelqu'un à telle tâche. C'était une des particularités du CERN. La vocation délibérément non militaire de ce centre avait imposé le décloisonnement entre les chercheurs et le libre accès aux informations qu'ils s'échangeaient, non seulement in situ mais aussi avec le monde entier. Ce n'était pas fortuit s'ils avaient été à l'origine d'Internet. Chaque groupe de chercheurs formé selon les circonstances, élisait un "porte-parole" censé coordonner l'ensemble, mais qui n'avait en réalité aucun pouvoir formel. Toutes les décisions importantes étaient prises en assemblée générale, à la majorité. De l'étudiant en thèse, au professeur confirmé, tout le monde était traité sur un pied d'égalité, ce qui constituait une des rares exceptions quasi anarchistes au sein d'une si grande organisation.

Dmitri Bogodine avait aperçu la photo d'Alexis Vassilieff sur le Net et l'avait contacté. Moustache et barbe fournies, les cheveux mi-longs grisonnants, il était le sosie de Karl Marx. Au moins cette physionomie pouvait l'aider à le trouver. Le réfectoire n'avait aucun attrait : lumière zénithale blafarde, murs d'un vert indéfinissable ainsi que ces tables de huit consciencieusement alignées. Tout était fait pour que les convives n'y prennent aucun plaisir et ne s'y attardent en formant des groupes de discussion informels. Dmitri se rendit droit vers la queue du self, s'approcha des cuisinières avec un plateau, et s'adressa à la plus avenante.

— Je cherche Karl Marx, demanda-t-il d'un ton amusé.

L'une d'elles répondit sans hésiter, à la mesure de la réputation du personnage.

— Vous voulez dire Alexis, le séducteur ? Je l'ai aperçu aujourd'hui. Il doit être là, dit-elle en lui indiquant la direction avec sa louche. Il déjeune avec ses groupies, vous ne pouvez pas le manquer !

Rires convenus des autres cuisinières. Alexis suscitait parmi ces femmes bonnetées une certaine sympathie, étant le seul qui prenait la peine de leur adresser une brève apostrophe personnalisée et leur demander des nouvelles. Il prenait un plaisir certain à venir se restaurer dans cette cantine et y manifester un peu de chaleur humaine.

Dmitri Bogodine le reconnut de loin et s'approcha de sa table. Alexis Vassilieff déjeunait en présence de deux jeunes femmes, la quarantaine, dont le regard était scotché sur son visage. Elles buvaient ses paroles. Il parlait posément. Quel pouvait être le thème qui les retenait à ses lèvres ? Il décida d'interrompre l'échange ou plutôt son monologue. Il salua son compatriote, le plateau-repas à la main. Alexis leva les yeux et avec un léger sourire, fit mine à son vis-à-vis de bien vouloir s'asseoir. Elles se retournèrent et libérèrent une place sur le banc. Dmitri installé, Alexis présenta son visiteur à ses collègues.

« Mesdames, le célèbre pionnier des nouvelles routes maritimes est parmi nous », annonça Alexis. « J'ai nommé Dmitri Bogodine, le fondateur de la route de l'Arctique ! »

Comme jeunes chercheuses, elles ne voyaient pas à quoi Alexis faisait allusion. Mais le nom de Bogodine leur disait quelque chose. Avec l'acuité et la curiosité des scientifiques, elles scannèrent du regard, des pieds à la tête, leur voisin qui venait de prendre place.

— Bonjour, fit Dmitri. Êtes-vous Alexis Vassilieff, le physicien émérite de la physique des particules ?

La compagnie féminine pouffa.

— Plutôt le Raspoutine du CERN et ses amours cachés, blagua l'une d'elles. Là, sa réputation n'est pas usurpée !

Rires de concert…

— Un peu de sérieux s'il vous plaît, demanda Vassilieff.

Monsieur Bogodine est venu de loin jusqu'ici pour discuter sciences physiques. C'est bien ça ? Mais quelle raison singulière vous a amené jusqu'ici ? Les particules que nous accélérons traversent les frontières tous les milliardièmes de secondes sans verser le moindre écot. Quel privilège ! Ce n'est pas comme les flottes commerciales de la DBO qui empruntent la mer de Barents. Ici nous remontons le temps. Nous en sommes à 10e-34 secondes après la naissance de l'univers, c'est-à-dire à l'instant primordial de la lutte entre la matière et l'antimatière. Nous sommes huit mille chercheurs qui tentent de résoudre cette énigme. Malgré ce chiffre, nous sommes loin d'être de trop, tant les fondements de la physique sont complexes. Aussi, nous sommes humbles devant tout ce qui reste à découvrir. Chacun apporte sa modeste contribution. Qu'est-ce qui vous fait penser que nous détenons quelque savoir pour vous permettre de franchir le Système solaire ?

— Eh bien, le besoin et la nécessité précèdent maintenant la découverte. Depuis un siècle, nous nous contentons de très peu, c'est-à-dire de constater ou non la présence d'eau sur des astres qui nous sont voisins. Sincèrement, je pense que cela n'a pas d'intérêt scientifique, sauf pour montrer que la technologie progresse et que c'est telle nation qui la détient.

Aujourd'hui, je voudrais commander aux scientifiques le moyen de nous propulser à une vitesse suffisante pour l'exploration interstellaire.

Le silence et l'étonnement se propagèrent au-delà de la table de nos convives.

— C'est une approche originale de la recherche. Si je comprends bien Monsieur Bogodine, vous nous commandez une découverte, quelle qu'elle soit, qui permette à un humain de se propulser à la vitesse de la lumière ?

— Oui c'est bien ça. Je suis d'ailleurs en train de créer une fondation. Elle sera dotée de moyens équivalents à ceux consacrés, il y a quarante ans, à la conquête de Mars. Mais vous l'avez compris, mon objectif est réellement scientifique et non technologique ou politique.

Alexis Vassilieff ne voulait pas froisser son interlocuteur et rechercha l'explication la plus didactique que possible, pour lui faire comprendre qu'au CERN, il faisait fausse route.

— Ici, nous faisons — comment pourrait-on dire ? — Des sciences naturelles, en décortiquant les constituants élémentaires des atomes. Il y a cinquante ans, nous avons découvert le boson de Higgs. Le consensus scientifique qui règne ici, est fondé sur une théorie unifiée des lois physiques qui régissent l'univers. Deux lois pour les interactions fortes et deux lois pour les interactions faibles. Le penchant humain pour la symétrie. Il ne peut en être autrement. Pour moi, c'est très artificiel. En mon for intérieur, j'espère que nous mettrons en évidence une faille dans cet édifice théorique. Je vous ennuie avec mes convictions. Pour résumer, nous sommes les seigneurs d'un anneau de vingt-cinq kilomètres, qui nous permet de côtoyer l'infiniment petit. Votre ambition de développer un propulseur à vitesse lumière est légitime. La théorie et les découvertes sont presque à portée de main ! Je vous encourage à poursuivre.

Au vu de la mine dépitée de Dmitri Bogodine, Denisa, la chercheuse Tchèque à sa gauche, intervint pour lui apporter une lueur d'espoir.

— Il y a une voie plus appropriée que la collision à haute énergie pour appréhender ce que vous cherchez, si je peux me permettre. Je m'intéresse aux publications du Professeur Oprea du laboratoire ELI-NP à Bucarest. Ses travaux se rapprochent des nôtres en ce sens qu'il cherche comme nous à remonter le temps en tentant de reproduire le phénomène de claquage du vide, avec un laser à très haute énergie, dont il amplifie le faisceau avec un champ magnétique pulsé. J'ai lu dans une de ses publications qu'il disposerait maintenant d'une puissance suffisante pour reproduire l'association des quarks et des bosons, prémices à la formation des constituants des atomes. Ce phénomène donne lieu à la création de masse avec un rendement de cent pour cent, en libérant des photons à la température de plus de cent millions de degrés !

— Masse et photons, vous avez là les ingrédients du principe de propulsion dont vous avez besoin ! enchérit Vassilieff.

C'est peut-être en effet la meilleure voie de recherche qui puisse conduire à la découverte que vous êtes prêt à financer. Merci Denisa pour cette information très pertinente.

Il accompagna cette appréciation d'un regard très appuyé, doublé d'un léger sourire qui en disait long sur la façon dont ils consacreraient leur soirée.

— Cu piacere, répondit Denisa, en prenant son temps pour déguster la cerise confite qui coiffait son gâteau. Elle semblait visiblement familière à cette invitation… et avec la langue roumaine.

— Vous ne voulez pas rester pour une visite ? demanda Alexis. Le grand accélérateur, c'est à voir ! Surtout les collisionneurs. Leurs tailles et leurs complexités sont impressionnantes. Pour moi, ils sont ce que l'homme a conçu de plus beau et de plus chargé de savoir et d'intelligence. La réunion de l'art et de la science en somme. Il y a une contrainte cependant. Il faut être très matinal, si c'est possible pour vous ?

Dmitri se laissa tenter et accepta l'impératif horaire. Le lendemain, Ils se retrouvèrent à six heures trente à l'entrée des hachoirs, juste le temps d'accomplir les formalités d'entrée et de se rendre jusqu'aux collisionneurs. L'équipe de jour déboula pour prendre la relève dans la salle de contrôle du détecteur LHC. Les chercheurs arrivaient au fur et à mesure et attendaient comme eux dans un sas, de façon à y pénétrer tous en même temps, pour réduire les risques de perturbations au changement d'équipes. Alexis Vassilieff en profita pour prodiguer quelques explications à voix basse.

« Ils travaillent ici à faire fonctionner la machine la plus complexe jamais élaborée par l'homme. Cet appareil titanesque est constitué d'un tunnel circulaire de vingt-sept kilomètres de circonférence, creusé à cent mètres sous terre entre la Suisse et la France. Des faisceaux de protons poussés à une vitesse proche de celle de la lumière se percutent en produisant des gerbes de particules élémentaires. Il y a quatre détecteurs installés sur le parcours de la boucle. Nous sommes ici à l'entrée du CMS, le collisionneur le plus récent. Pour la petite histoire, c'est là qu'a été vue pour la première fois la particule de Dieu : le boson de Higgs. »

Un signal lumineux apparut au-dessus de la porte de sortie du sas. Aussitôt, le groupe « entrant », s'engouffra dans la salle, eux compris.

« On leur laisse quelques minutes de convivialité pour échanger brièvement et partager un café » commenta Alexis.

S'ensuivit un silence religieux dans la grande pièce climatisée, tapissée d'écrans géants. Les mines se tendaient car la responsabilité d'éviter une défaillance était extrême.
« On recommande aux visiteurs de ne pas s'approcher de la console bardée de gros boutons rouges. Pas question de toucher aux commandes d'arrêt d'urgence du plus grand accélérateur de particules du monde… »

Derrière une large baie vitrée, on apercevait un gigantesque disque à la structure complexe. Le collisionneur sans doute ? Dmitri n'osa pas questionner son voisin pour savoir, par quel miracle cet enchevêtrement de métal et de solénoïdes permettait de visualiser la trajectoire d'une particule infiniment petite, parmi des centaines d'autres. Des arabesques affichées sur les écrans de la salle de contrôle donnaient lieu à de savantes analyses. Alexis lut dans les pensées de son visiteur et vint au-devant de sa question :

« Tout est affaire de quantité de mouvement. La vitesse on la connaît. Reste la masse, que l'on déduit par la courbure de la trajectoire. »

Que des chercheurs réputés passent leur vie à disséquer des trajectoires, cela le dépassait. Mais il avait une piste, ce laboratoire de Bucarest. Il avait l'intuition qu'il devait être très proche de la découverte majeure dont il avait besoin. Il suffisait d'orienter leurs recherches vers un objectif qui lui serait utile. Un peu de financement, cela aiderait. Il était d'ailleurs étonné qu'aucune personne avant lui, aucun État, n'eut l'idée de développer un propulseur moderne qui se substituerait à la combustion des fusées conventionnelles. Sans doute que l'on appréhende toujours les grandes découvertes par hasard. Les connaissances théoriques et les échanges d'idées féconds entre chercheurs sont là, mais personne, dont il ne savait par quel aveuglement, n'avait la curiosité de regarder légèrement à côté du chemin et d'imaginer les fantastiques retombées qui pourraient en découler.

- 5 -

Le licenciement de Carole Le Goff

« Tiens, pourquoi cet e-mail inhabituel ? » se demanda Carole, en examinant son courrier ce lundi matin. Peut-être un spam ? Il s'agissait d'une demande d'entretien pour le début d'après-midi alors que la convocation ne datait que du matin même. Il était émis par la direction RH. « Bizarre ! » Elle enquêta auprès de sa chef. Était-elle au courant ?

— Tu ne trouves pas que c'est un peu court comme délai ? lui fit-elle remarquer.

— Voyons, cela fait deux ans que tu es embauchée. Ta période d'essai doit être terminée à présent. C'est peut-être pour signer ton contrat de travail définitif ? dit-elle en regardant le nom de l'auteure du mail : Beuline de la Teyssonnière, C'est la grande chef du personnel !

— Tu crois que c'est pour mon contrat ? Si non qu'est-ce qu'elle me veut ?

— Je n'ai pas été informée de quoi que ce soit de la part des RH, si ça peut te rassurer.

Carole retourna à sa place. Elle demanda à ses jeunes collègues, si elles avaient signé un contrat à l'issue de leur période d'essai. La réponse unanime fut négative.

C'est donc avec inquiétude qu'elle se rendit après déjeuner dans l'ascenseur, pour accéder au dernier étage du siège. Le perchoir, d'où la hiérarchie dominait son monde, confortée par cette vue panoramique sur le front de Seine, qui se perdait au-delà, dans les brumes jaunâtres de l'agglomération parisienne. « Quelle vue ! »

Elle arpenta les couloirs déserts, silencieux et feutrés, pour rejoindre le bureau de la directrice des RH. Il était situé à proximité immédiate de ceux du président et du directeur juridique. Elle frappa, sans même entendre l'impact de ses menues phalanges sur la paroi de cette lourde porte antibruit. Elle frappa à nouveau, mais plus fort cette fois, en tendant l'oreille. S'ensuivit un « entrez », à peine audible, de l'intérieur du bunker. Ce silence, est bien le signe distinctif de l'antre du pouvoir… avec la vue panoramique dominante.

Carole pénétra dans cette grande pièce moquettée, gris souris pour faire cossu, mais si impersonnelle ! Il n'y avait rien aux murs, pas même l'immense photo noire et blanc d'une cime franchie, ou celle d'un voilier de l'America Cup bravant la vague, que tous les managers de la tribu des battants ne peuvent s'empêcher d'afficher. Beuline de la Teyssonnière, la cinquantaine, petite, la chevelure disciplinée et teinte, était tournée de côté, recluse derrière son immense bureau en palissandre. Une première barrière défensive ?

Elle ne savait pas pourquoi, mais à cette première impression, Beuline lui parut tout de suite antipathique, avant même qu'elle lui adressât un regard.

« Asseyez-vous », dit-elle sans même lever les yeux sur sa visiteuse.

Carole devina qu'elle se faisait les ongles. Un signe typique de mépris des femmes lorsqu'elles accèdent au sommet. L'archétype du genre de personne qu'il est préférable d'éviter.

— Madame Le Goff, vous avez passé un bon week-end ?

— Quelle conne ! se dit-elle. Elle me convoque un lundi pour me dire ce genre de banalité ? Elle se réfugia dans un mutisme agacé sans même répondre.

L'écran sur le côté de la pièce s'alluma pour montrer quelques images de la manifestation du samedi, à laquelle Carole avait participé. Soudain le film se figea sur la banderole trotskiste. Elle se reconnut alors, la physionomie visiblement transportée par le slogan qu'elle hurlait avec conviction.

— D'accord j'étais à une manifestation. Mais c'est privé, c'était un samedi. Et puis c'est un droit ! Quel mal y a-t-il à ça ?

— C'est effectivement un droit dans la sphère publique. Mais votre affichage sous une banderole du Parti Trotskiste, s'il en existe encore des miettes, n'est pas en compliance avec la déontologie de l'entreprise. Nous avons comme clients, des donneurs d'ordres de sociétés. Vous êtes amenée à les conseiller. Que vont-ils penser de vous en apprenant que vous manifestez en gilet jaune sous la bannière d'un mouvement anarchiste ?

— J'ai été filmée par hasard. Qu'est-ce qu'ils en sauraient ?

— Eh, bien votre e réputation en porte la trace, Madame Le Goff, déplora-t-elle. Elle tourna son ordinateur vers elle et tapa : « Carole Le Goff. » L'écran afficha la même image.

— Ça peut s'effacer. Il suffit de s'adresser à Google pour demander de retirer cette image et l'article associé.

— Il y a longtemps que Google n'accède plus à ce type de requête, sauf pour des personnes très en vue, célèbres, dont vous ne faites pas partie.

Vous avez juste passé l'échéance de votre période d'essai. Comme il s'agit d'une activité dans la sphère privée et non d'une faute professionnelle, nous n'allons pas vous licencier bien sûr. En accord avec les conventions de branche de la banque, nous allons établir avec vous une rupture conventionnelle. Dès aujourd'hui, vous n'êtes plus astreinte à un travail en présentiel. Vous aurez ainsi tout le temps nécessaire pour tenter d'effacer cette bourde, qui malheureusement risque de vous suivre partout…

Vous recevrez un projet de contrat à votre domicile. « Au revoir Madame », fit-elle en se levant et en lui tendant très froidement sa main, qui semblait dire : « pousse-toi, tu ne fais plus partie de notre monde »

L'entretien n'avait pas duré plus de cinq minutes. Elle entra à nouveau dans l'ascenseur qui s'arrêta au deuxième étage. La porte s'ouvrit et laissa entrevoir son collègue Stéphane, qui en passant, lui fit un bonjour de la main avec un sourire bienveillant. Les portes se refermèrent. Elle n'en avait pas franchi le seuil. Encore sonnée, elle se demanda si elle n'allait pas tout simplement sortir et marcher un peu. L'ascenseur monta à nouveau et stoppa à l'étage présidentiel. Le directeur financier entra à son tour. Plongé dans un courrier, il ne prit même pas la peine de lever le nez et d'esquisser un bonjour.

Écœurée, impatiente de mettre un terme à la situation, elle martela le bouton du RDC. Elle traversa le hall sans un regard à la dérobée, en sachant que ce parcours, maintes fois répété, ne serait plus jamais réitéré. C'était comme une fuite à une oppression qui ne fut soulagée qu'une fois franchi le tambour prétentieux de la tour Nataxis. Avec le sentiment d'être enfin libérée du joug de cette hiérarchie cynique, elle eut soudain conscience, que derrière cette façade de verre et de métal, n'avait-elle compté pour grand-chose ? Jeune et jolie, n'était-elle pas totalement interchangeable, une fois maquillée, coiffée et revêtue du dress code standard du monde de la finance ? Sa marche débuta par le quai de La Rapée pour aboutir au boulevard Richard Lenoir. Elle flânait, tout en réfléchissant sur la façon dont elle ferait part de l'incident à Marc, à sa fille, à ses amies. Ne sachant pas que faire, elle choisit de s'écarter du tumulte de la circulation pour se réfugier sur un banc, à l'ombre de cet admirable et unique eucalyptus du square de l'Arsenal. Cette jeune fille, aux courbes élégantes la regardait de trois-quarts — un bronze magnifique d'Henry Arnold. Elle se dit tout d'un coup qu'elle endossait un peu trop vite l'habit de la victime. Surprise par l'apparente gravité de la faute dont elle fut affublée, ne devait-elle pas se défendre ? Elle appela un collègue qu'elle savait syndiqué, pour lui annoncer qu'elle venait d'être virée.

— Ils vont trop loin, dit-il indigné. Tu n'as rien fait qui justifie un licenciement sur l'heure ! Je vais en parler au représentant syndical. On va te défendre. Ce qu'ils ont fait est illégal. Surtout ne signe rien !

— Ce n'est pas un licenciement, mais une rupture conventionnelle. Franchement, je n'y crois pas trop à l'action du syndicat et puis un recours aux prud'hommes, ça va prendre des années ! Entre-temps, il faudra bien que je travaille. Problème, je suis fichée sur le net. Il paraît que ça ne s'efface pas. Comment vais-je faire pour trouver un nouveau job ?

Elle s'effondra en larmes… et coupa court à la conversation. À l'évidence, se raccrocher à Nataxis, c'était perdu d'avance. Cette démarche juridique ne servirait à rien. Elle en était persuadée. Son attention fut captée par les cris de deux jeunes enfants, qui attablés sur le pont d'une péniche, se disputaient à propos des règles d'un jeu de société. Une femme étendait du linge. Elle devait être leur mère.

Elle apostropha le plus jeune des garçons pour lui rappeler qu'il avait un devoir à finir. Quelle scène d'un autre monde en plein Paris ! Très loin de Nataxis et de l'image brillante et sans failles de ses employés. Elle s'éternisa sur son banc en fixant les péniches. Un microcosme de liberté, d'évasion, qui pouvait ressembler à Honfleur ou à un méandre de la Seine, non loin de Rouen.

Elle s'apaisa. Seules les cages à lapin hideuses, qui surplombaient le quai d'en face, le boulevard Bourdon, lui rappelaient qu'elle était à Paris. « Pourquoi ne pas voir ailleurs ? Essayer un autre mode de vie. La bohème, la vraie, très loin d'ici ! »

Après La Bastille, elle poursuivit son périple par le boulevard Richard Lenoir. Elle appréciait ce square arboré entre les deux allées, son marché du samedi et le côté cosmopolite du quartier. Elle aurait quand même du mal à quitter cet univers si familier qu'elle connaissait depuis l'enfance. Elle observa d'un œil nouveau les passants, depuis le banc où elle s'était assise à nouveau. Comment tous ces gens vivaient-ils ? « C'est sûr, aucun d'eux ne bosse dans une multinationale. Pourtant ils s'en sortent, ils habitent ici. Comment font-ils ? » se disait-elle.

Elle rentra en décidant de ne pas cacher cette catastrophe du lundi plus longtemps, et d'affronter le regard et le jugement de Marc et de sa fille.

- 6 -

La découverte

Le laboratoire ELI-NP*, dirigé par Ovidiu Oprea, avait été rendu célèbre par ses découvertes sur la désintégration nucléaire, dont la retombée principale était la transmutation du plutonium et autres déchets radioactifs afin de les neutraliser et éviter ainsi leur stockage si décrié.

L'ELI avait tout autant contribué au début du siècle à la protons thérapie pour la destruction des cellules cancéreuses.

Depuis peu, il avait réussi à produire une puissance laser phénoménale grâce à l'amplification par champ magnétique à très haute fréquence. Une course au gigantisme qui ouvrait des voies nouvelles dans le domaine de l'astronautique.

Son avion posé, la passerelle déployée, Dmitri Bogodine traversa à pied le tarmac de cette aérogare pour hommes d'affaires pressés. On lui proposa naturellement un drone taxi pour se rendre à destination. Malgré les bouchons légendaires à la sortie de l'aéroport de Baneasa, précédant le boulevard circulaire de Bucarest,

Extreme Light Infrastructure - Nuclear Photonic

il avait choisi un taxi conventionnel, histoire d'entamer un brin de conversation avec le chauffeur et s'imprégner des lieux. Il s'en sortit tant bien que mal pour se rendre dans ce quartier neuf du sud-ouest. Le centre de recherches était entouré de vastes maisons modernes et cossues.

Il précisa son nom et l'heure de son rendez-vous avec le professeur Oprea à l'hôtesse d'accueil, une tête de robot articulée dotée d'une voix féminine.

La tête parlante demanda, en y mettant les formes, à ce que le visiteur lui montrât son passeport, qui fut scanné par son œil électronique. Un autre robot, mobile, sortit du comptoir de réception. Il émit un « suivez-moi » en Russe, fruit de la perspicacité du logiciel qui avait identifié la nationalité du détenteur du passeport. Les portes à doubles battants s'ouvrirent sur son passage. À gauche, en contrebas d'une coursive vitrée, s'entassaient des tuyaux entremêlés et d'énormes câbles électriques, qui pour la plupart, jonchaient le sol, en vrac. Quelques opérateurs en blouse siglée « ELI-NP » s'affairaient devant des pupitres de commande ainsi que deux étudiantes novices, reconnaissables à leurs tongues à fleurs et leur look décontracté. À droite, les bureaux et les salles de réunion. Le robot stoppa devant une porte en bois massive munie de l'inscription « Director General - Ovidiu Oprea ». Après un court moment, elle s'ouvrit et un message prononcé par le robot : « te rog sa intri », invitait à entrer.

Ovidiu Oprea, grand, d'allure sportive, la quarantaine, mais déjà le crâne dégarni, se leva et tout sourire, vint à la rencontre de Dmitri. S'ensuivit une poignée de main accueillante, authentique, accompagné de commentaires flatteurs sur Bucarest, que les Roumains aiment secrètement comparer à Paris. La chaleur de l'accueil vient ici souvent des hommes. Il présenta son adjointe Valentina Ene, une femme dont l'expression du visage, à la fois douce et sévère, trahissait qu'elle ne partageait pas l'enthousiasme de son directeur. Ses yeux et ses sourcils d'un noir de geai accentuaient cette impression austère. Elle était élégante et portait un tailleur de prix. De prime abord hautaine, car consciente de son appartenance au haut du pavé de l'intelligentsia scientifique, ses lèvres articulèrent à peine un « buna duminata ».

Dmitri eut l'intuition qu'il devait la sortir de sa méfiance qu'elle affichait, pour la convaincre de coopérer.

— Vous vous intéressez à nos travaux Monsieur Bogodine ? questionna le directeur. Cependant, je n'ai pas complètement saisi le lien entre l'exploration spatiale, l'ambition que vous poursuivez, et l'amplification laser.

— Oui, je comprends votre scepticisme. Ce qui m'interroge, ce sont les trous noirs répondit Bogodine. Qu'ils engloutissent toute matière compte tenu de leur masse, c'est normal, mais qu'ils absorbent la lumière, il y a là quelque chose d'illogique. Est-ce que les photons, ces grains d'énergie, pourraient acquérir temporairement une masse sous l'effet de champs, qu'ils soient électriques, magnétiques ou autres ?

Valentina fit signe que non d'une moue dédaigneuse semblant dire que cet homme d'affaires n'avait rien à faire dans son laboratoire. Il lui faisait perdre son temps à l'évidence. Monsieur Oprea répondit en se mettant à la portée des connaissances de son interlocuteur.

— Toutes les théories s'accordent sur le fait que les photons sont dépourvus de masse. Einstein établit à partir de la théorie de la relativité que l'on peut convertir de l'énergie en masse et réciproquement. Mais personne jusqu'à présent n'a réussi à convertir, même partiellement, de l'énergie lumineuse en masse.

— J'y viens, fit Dmitri Bogodine. À force de soumettre un faisceau laser à un puissant champ magnétique à une fréquence choisie, n'avez-vous pas observé des phénomènes anormaux au cours de vos expériences ?

Alexis Vassilieff avait informé Dmitri qu'un accident s'était passé à l'ELI-NP. Le super laser, capable de dégager une puissance de cent péta watts, n'avait-il pas explosé il y a deux ans ? Il avait dû être remplacé en catastrophe à l'occasion de la visite d'un ministre.

À ces mots, les deux chercheurs entamèrent un dialogue en roumain émaillé de « nu, nu ». Le ton montait. La femme semblait tenir une position très catégorique. Visiblement, elle ne demandait qu'à mettre fin aux sollicitations du Russe. Mais Ovidiu Oprea passa outre.

— Vous êtes bien renseigné Monsieur Bogodine. Nous avons effectivement déploré la destruction de notre laser. Mais ce n'était pas une explosion proprement dite. La partie émettrice du laser s'est retrouvée fichée dans le mur du bâtiment et dans l'axe du laser, est apparu un trou. Des dégâts ont été observés jusqu'à dix kilomètres de notre centre, mais heureusement il n'y a eu aucune victime !

— Est-ce qu'il existe un enregistrement des conditions opératoires ? voulait-il s'assurer en profitant de cet aveu.

— Oui, bien sûr, tout est enregistré. Vous avez raison, on doit pouvoir les retrouver. Officiellement, pour les assurances, il s'agit d'une défaillance purement technique de l'alimentation du laser, ce que les auditeurs ont confirmé.

Voilà, je vais tenter d'être plus clair. Si je suis venu ici, c'est parce que j'ai besoin pour mon projet, d'un propulseur capable de communiquer à un vaisseau spatial une vitesse proche de la lumière. Vous avez la meilleure connaissance des applications du laser. Mais pour aboutir, il manque quelque chose : une découverte qui puisse ouvrir la porte des explorations interstellaires. Je suis persuadé que c'est ici avec vos connaissances et vos moyens qu'elle se produira. Il suffit d'orienter les recherches dans ce sens et d'apporter les ressources financières nécessaires. C'est comme ça que je conçois mon rôle.

La discussion en roumain reprit. Cette fois, il semblait que c'était Monsieur le Directeur qui avait pris le dessus sur son adjointe. Celle-ci se leva, fit un adieu minimal à leur invité et sortit du bureau.

— Monsieur Bogodine, vous avez une vision très romantique de la recherche scientifique, mais votre proposition d'examiner à nouveau les conditions opératoires qui ont conduit à l'incident est recevable. Nous allons faire cette vérification.

Après, si nous établissions que l'incident ne résultait pas d'une défaillance technique mais bien d'un phénomène physique inconnu, il faudrait, selon la démarche scientifique, reproduire l'expérience. Je ne vous cache pas que cela serait impossible à faire avec notre installation actuelle !

Aussi, mon idée consisterait à tenter de la reproduire à petite échelle, avec un matériel qu'il faudrait investir et y consacrer un jeune chercheur, tel un étudiant en début de thèse. Mais je dois en discuter avec mon adjointe et le conseil d'administration du laboratoire. Nous partageons nos sujets de recherches avec le laboratoire de Polytechnique en France et échangeons avec eux de telle sorte que nos travaux soient mutualisés, afin d'éviter la concurrence et les doublons.

— Oui bien sûr. Cette proposition me paraît très positive, acquiesça Bogodine.

Alexis Vassilieff m'avait averti que vous étiez réceptif aux remises en cause...et que vous n'étiez pas conformiste comme ces chercheurs qui attendent la reconnaissance de leurs pairs en arpentant jusque très vieux, les couloirs de leur laboratoire. J'espère que la conclusion de votre conseil ira dans ce sens. Je souhaiterais que cela reste confidentiel. Si je finance des recherches, je voudrais conserver temporairement l'exclusivité des applications et que cela n'aille pas alimenter des laboratoires américains ou chinois !

Dmitri Bogodine se leva enfin et salua chaleureusement son hôte, en le remerciant pour son écoute.

— Bien sûr, nous vous raccompagnons avec un chauffeur de l'ELI, proposa Ovidiu Oprea.

Une vieille Dacia Logan encore vaillante, de robe jaune, dont les éraflures s'exhibaient comme des trophées, l'attendait pour son retour. Le chauffeur en avait déjà grillé deux et l'odeur de tabac froid suffocante l'incita à oublier ces ambiances et objets culte de l'époque de l'ex empire soviétique. Quelle idée saugrenue avait bien pu lui traverser l'esprit de ne pas prendre un taxi drone ? Était-ce une mise en garde, un clin d'œil de Valentina ?

- 7 -

Les retrouvailles à Paimpont

On sonna à la porte. Ils s'embrassèrent… Carole lui fit des compliments sur son allure presque juvénile alors qu'il était maintenant retraité accompli. Il lui raconta pour la rassurer que bien que seul, il ne s'ennuyait pas le moindre du monde et s'adonnait encore à des activités bénévoles très prenantes.

Ils s'installèrent dans la salle, à la grande table, et se mirent à l'aise avec un verre de cidre. Voulant lui faire plaisir, Anicet lui montra cette ancienne photo de classe. Quel plaisir ! En scrutant les visages un par un, elle essayait de les reconnaître et de se remémorer leur prénom. Elle insista sur celle qui dépassait les autres d'une tête. Marilyn ! Elle se souvint de sa meilleure copine : une métisse immense à la coupe courte et peroxydée qui se tenait au dernier rang. Elle était bonne basketteuse. Assez délurée, elle avait atteint malgré tout, le niveau du championnat régional. Elle était douée en sciences. Elle voulait devenir cosmonaute. Ce qu'elle avait réussi à faire.

La particularité de leur relation tenait à une disposition mutuelle qu'elles découvrirent par hasard, lorsqu'un jour, lors d'une soirée parisienne, elles avaient tenté de communiquer entre elles par télépathie pour épater leurs copains. Elles s'entraînèrent ainsi par la suite pour pouvoir s'entraider pendant les interros. Ce n'était pas très efficace, mais bluffant vis-à-vis des autres élèves de la classe. Elles se livraient à des jeux de devinettes qui parfois marchaient. Carole travailla cette disposition. Elles s'en amusaient, mais depuis qu'elles s'étaient perdues de vue, tout avait cessé.

« Tiens, fit Carole, ce serait amusant si je tentais maintenant de communiquer avec elle ».

Elle s'assit en tailleur et se concentra en méditant. Et, au bout de cinq minutes de silence…

— Rien du tout, dit-elle à son père. Il faut pratiquer souvent et s'entraîner pour que ça revienne ! Sais-tu que nous avions même mis au point un alphabet télépathique ?

— Tu ne m'en as jamais parlé.

— Nous avions peur que les profs s'en aperçoivent et nous accusent de tricher.

Elle vit alors la photo du groupe parlementaire.

« Papa et ses groupies ! Tu sais que cette loi que vous avez défendue, elle nous en fait voir aujourd'hui ! L'État se désengage totalement. C'était un stratagème des politiques depuis le début. Cette zone de liberté soi-disant, c'est vraiment une zone de misère ! Même les immigrés ne veulent pas y aller. J'ai manifesté l'autre jour contre ça ».

Elle marqua un temps de silence.

— Cela m'a valu mon licenciement.

— Tu es licenciée ? demanda-t-il incrédule.

Il n'arrivait pas à imaginer que sa fille ait pu commettre une bêtise au point de se faire licencier.

— Oui, à cause d'une photo prise à l'improviste alors que je défilais dans une manif.

Elle lui raconta toute l'histoire y compris l'entretien exécrable qu'elle avait eu avec la châtelaine du vingtième étage.

— Licenciement ou rupture conventionnelle, ce qu'ils ont fait est illégal. Tu sais, j'ai décroché, mais j'ai encore de solides relations à l'Assemblée et même avec un secrétaire d'État. Je peux l'appeler et cette boîte de « propres sur eux » n'aura qu'à bien se tenir !

— Ça ne se passe plus comme ça maintenant papa. Il y a longtemps que les multinationales ont pris le pouvoir. Elles ne craignent plus l'État et s'arrangent des lois du Code du travail, en versant sous le manteau des indemnités, dont le montant est convenu à l'avance avec les syndicats. C'est ainsi. Il n'y a plus de contestation affichée. Mon problème ce n'est pas Nataxis mais toutes les entreprises auxquelles je postulerai. La première chose que fait un recruteur, c'est de taper sur internet le nom du candidat qu'il a en face de lui. Et dans mon cas, il me verra en pleine manif…

— C'est complètement injuste, déplora Anicet. Il s'effondra sur sa chaise et enlaça sa fille par la taille. Que vas-tu faire ?

— J'ai un plan. La seule solution c'est de faire comme toi. Je…je vais expérimenter la vie en Zomia.

— Comment ? Mais tu es jeune ! La Zomia c'est pour les retraités ou pour les néoruraux effondristes, comme mon voisin Cochet. Il est sympa, mais complètement givré.

— Je crains que ce soit la seule solution.

— Il y a tout à Paris. Réfléchis ! Il n'y a pas que les banques, les assurances et toutes ces multinationales. Tu as une bonne formation. Tu peux trouver autre chose !

La discussion s'arrêta là. Elle était désolée d'avoir inquiété son père. Elle repartit avec sa photo de classe en se disant qu'elle allait tenter à nouveau d'entrer en communication avec Marilyn. Un bon souvenir qu'elle eut envie de raviver.

- 8 -

La télépathie

Constatant qu'elles parvenaient à communiquer des notions simples comme : « j'ai faim » ou encore « ce garçon est cool », elles s'étaient exercées à imaginer un nouveau langage. Les anciennes civilisations utilisaient les hiéroglyphes en mélangeant des concepts et des phonèmes. D'autres disposaient d'une écriture cunéiforme faite uniquement d'entailles rectilignes, adaptées pour être facilement poinçonnées dans la roche. Les Minoens, trois mille ans avant J.-C., avaient mis au point deux écritures dont les graphismes n'étaient pas apparentés. Les hiéroglyphes d'une part, basées sur la signification des mots, ainsi qu'une écriture très simple et gracile pour les syllabes. Ils avaient eu la bonne idée d'établir une table, ou plutôt un disque, de traduction qui contenait les deux transcriptions enroulées l'une dans l'autre en spirale. On le retrouva par bonheur dans le palais du roi Minos.

Carole, partit de l'alphabet européen occidental constitué de ses vingt-six lettres. Elle en retira quelque unes qu'elle jugea inutiles pour la compréhension phonétique, comme le

« h » et surtout les lettres dont les sons étaient redondants comme « k, q » avec « c » ou encore « y » avec « i », ainsi que les lettres peu employées. Elle supprima délibérément les « j, w, z ».

Ce nouvel alphabet simplifié se réduisait à dix-huit lettres. Pour les écrire, Carole et Marilyn avaient cherché le graphisme le plus simple et le plus mnémotechnique en s'inspirant de l'écriture cunéiforme. Elles évitèrent les courbes et conclurent sur la forme générique du carré. Selon que l'on conservait ou non un côté, que l'on ajoutait ou non une diagonale, l'ensemble des combinaisons de segments inscrits dans un carré, aboutissait également à dix-huit symboles distincts. Leur alphabet était trouvé ! Il ne restait plus qu'à l'apprendre par cœur, en s'exerçant à se le transmettre par télépathie. Elles s'entraînèrent en s'obligeant à pratiquer cet exercice par la pensée. Le début fut difficile. Un livre écrit par Claude Levi Strauss rapportant une démarche analogue pratiquée en Amérique du Sud les convainquit à poursuivre. Au bout d'une année de pratique, elles se transmettaient sans erreur, une phrase complète en moins d'une heure. Elles décidèrent de garder ce secret. Carole ne put s'empêcher d'en faire part à sa fille, un jour qu'elle n'arrivait pas à la consoler d'un gros chagrin. Elle l'assit à ses côtés et utilisa son ardoise blanche. « On va communiquer avec Marilyn. Surtout ne fait pas de bruit pour que je ne perde aucun mot ». Puis elle se concentra. Sa fille Céline était subjuguée, lorsqu'elle commença à tracer un premier carré interrompu, puis un second…

— Qu'est-ce que c'est ? demanda la jeune enfant incrédule.

— Ce sont les mots de Marilyn. Ça me revient. Je n'y croyais pas moi-même au début.

Après une heure et demie, l'ardoise était remplie de ces caractères énigmatiques. Carole les relut et corrigea quelques traits en se référant au contexte du message.

— *Bongeour Carole. Je te embras.* Voilà ce qu'elle m'a transmis par la pensée.

— C'est un code ? interrogea Céline en cherchant où elle avait bien pu cacher son téléphone. Elle n'y croyait pas vraiment.

Carole lui raconta toute l'histoire, en éludant pour la bonne cause, les explications sur la façon dont elles procédaient en classe. Dévorée par la curiosité, elle voulut essayer à son tour en se disant qu'elle serait capable, elle aussi, de communiquer avec Marilyn. Cela paraissait si facile, quoique trop long à son goût pour produire un message si simple et banal. Elle gesticula à côté de sa mère, accroupie sur son coussin, pensant là qu'il suffisait d'adopter la position en lotus, le corps redressé, les épaules relâchées, pour acquérir les pouvoirs surnaturels indispensables à la captation du message.

— Laisse-moi faire ! dit-elle à sa mère, impatiente de lui en remontrer en la poussant du coude.

Au bout de quelques minutes, Carole voyant la mine impatiente et pleine de déconvenues de Céline, lui demanda.

— Alors, qu'est-ce que Marilyn t'a dit ?

Carole ne vous en racontera pas plus sur la vexation d'une enfant de cinq ans, de la jalousie envers sa mère, qui seule possédait les sortilèges des fées.

- 9 -

La propulsion photonique

Un appel inconnu sollicita la sonnerie du téléphone de Bogodine. L'indicatif « 00 40 » défilait sur l'écran. « La Roumanie ! » Dmitri se leva et quitta précipitamment la réunion en demandant une pause de dix minutes. Il s'éloigna pour rejoindre une pièce attenante et prit la communication.

— Monsieur Oprea ? fit-il en décrochant.

— Non, c'est Valentina Ene. Je peux vous parler ? lui demanda-t-elle après un temps d'arrêt.

— Bien sûr ! confirma-t-il en se disant que si ELLE appelait, c'était forcément TRÈS bon signe.

— Nous avons reproduit l'expérience avec le petit laser et l'impulseur magnétique que vous avez financés. Le laser a été placé sur une balance de mesure d'efforts et lorsque nous avons appliqué le champ magnétique à la même fréquence que le jour de l'incident, nous avons enregistré une poussée de plusieurs Newton. Aussi, votre intuition était juste. Monsieur Oprea souhaiterait vous rencontrer à nouveau pour discuter de la poursuite de l'expérience.

— Merci pour cette information très importante. Je vous demande pour l'instant la plus grande discrétion sur ce que vous avez observé. Je fais le nécessaire pour venir au plus vite. Merci pour votre appel !

Valentina Ene avait été beaucoup plus avenante que lors de leur première entrevue. Pour Dmitri Bogodine, cette « manip » de laboratoire suscitait d'immenses espoirs pour la poursuite de son rêve. Qui sait ? Se matérialisera-t-il en projet spatial, plus important même que le programme Apollo ? Il rejoignit la réunion mais il n'écoutait plus. Après un long monologue provenant du bout de la table, il décida d'ajourner le comité mensuel et se versa un Whisky copieux, ce qui n'était pas son habitude. Une fois seul, il demanda à son assistante de faire préparer son jet pour un vol à destination de Bucarest.

Sur place à l'ELI-NP, Bogodine fit la connaissance d'Adrian Dumitru, l'étudiant qui avait travaillé sur l'expérience. Ils se réunirent dans une petite salle pour aborder ensemble les paramètres physiques et les ordres de grandeurs d'un vol interstellaire habité. Adrian commença avec assurance, bien qu'impressionné par la notoriété et la stature de l'homme d'affaires de son vis-à-vis.

— Sur quelle masse de vaisseau vous basez-vous ? Tout part de là.

— Eh bien disons, trente tonnes comme Orion et Apollo. Ils ont été conçus pour des missions spatiales habitées, répondit Bogodine dont les références si anciennes étonnaient Adrian.

Après tout, n'avait-il pas raison ? Les dernières sondes développées pour l'exploration de Mars n'avaient transporté que des robots, ce qui est beaucoup moins contraignant que d'héberger un équipage opérationnel.

— Très bien. Vous escomptez que l'on puisse atteindre une vitesse proche de la lumière et une accélération limitée à celle de la pesanteur terrestre pour préserver l'intégrité physiologique de l'équipage ? Cela vous semble-t-il raisonnable ?

Dmitri acquiesça de la tête. Il était pressé de savoir, si selon les lois de la physique, son rêve avait une vraisemblance ou non. N'avait-il pas anticipé un peu vite dans son imaginaire la faisabilité de ce projet ? N'y tenant plus, il contractait ses orteils, dans l'attente des chiffres qui lui confirmeraient que son rêve tenait debout. L'étudiant reprit.

— Je ne suis pas féru d'astronomie mais je crois que la planète tellurique la plus ressemblante à la Terre se situe à 4,5 années-lumière ?

— Oui, fit Dmitri. On peut prendre cette distance qui nous sépare de Proxima du Centaure comme hypothèse pour vos calculs.

— Eh bien la durée du vol, vue de l'astronaute, sera d'environ sept ans. Mais elle sera beaucoup plus longue, vue de la Terre, si on tient compte des effets relativistes !

L'étudiant poursuivait son étalage de connaissances livresques tout en bombardant son interlocuteur de chiffres astronomiques. Ce dernier finissait par décrocher. Il s'interrogeait néanmoins sur la possibilité de loger tout ce qu'il avait vu au travers la paroi vitrée du laboratoire, dans l'habitacle d'un vaisseau de vingt à trente tonnes. Il n'eut pour toute réponse :

— Cela reste à étudier.

— Pour aller à l'essentiel, c'est faisable ou non selon vous ? extorqua Dmitri Bogodine dont le ton traduisait un début d'agacement.

À force de contracter ses orteils, il lui survint une crampe au pied. Comme la douleur le lançait, il grimaça. Adrian Dumitru crut que son interlocuteur interprétait son argumentation comme une impossibilité.

— Oui, c'est faisable ! Ne vous alarmez pas ! Ce n'est qu'une première approche. Il faut affiner. Je vous propose de visiter nos installations. Cela vous donnera une idée concrète de l'expérience.

En pénétrant dans le hall d'expérimentation, Dmitri reconnut le foisonnement de tuyauterie qui l'avait surpris la première fois et surtout les énormes câbles électriques jonchant le sol. Ils s'équipèrent chacun d'un casque de chantier et de lunettes de protection. Ils suivirent le marquage au sol pour se diriger vers la tête du laser. À la grande surprise du Russe, le laser lui-même se limitait à un tube de dimensions très modestes, certes bardé de câbles et de tuyaux. Le solénoïde pour le champ magnétique avait un encombrement comparable. Il se demandait alors si l'on pouvait réduire, voire se passer de tous ces accessoires connectés.

— Je devine votre question Monsieur Bogodine. Une grande partie des équipements ne sont là que pour générer des impulsions ultracourtes de l'ordre de l'attoseconde. C'est ce que l'on doit viser comme durée d'impulsion, pour atteindre le claquage du vide, et aboutir ainsi à casser les paires virtuelles de particules et d'antiparticules. Cela induit un échauffement intense et tout ce que vous voyez ou presque, n'est là que pour refroidir l'appareil. Dans le cas d'un propulseur laser qui fonctionnerait dans le vide, le volume occupé serait compatible avec celui d'un vaisseau spatial.

« Venez, Valentina Ene nous attend ».

Ils gagnèrent la coursive. Valentina vint à leur rencontre tout sourire. Une physionomie qu'il n'imaginait pas chez elle.

— Entrez, Monsieur Bogodine. Bonjour et bienvenue ! J'espère qu'Adrian, notre étudiant, vous a donné une vision claire sur la faisabilité théorique de votre idée ? D'un point de vue scientifique, c'est très prometteur ! C'est une découverte inattendue dont vous avez eu l'intuition ! Nous estimons qu'elle pourrait faire l'objet d'une thèse. Un budget est nécessaire pour poursuivre. Je vous propose d'en discuter maintenant.

— D'accord. Pour l'instant, il est important de garder cette expérience confidentielle. Cela serait extrêmement fâcheux que les Américains ou les Chinois récoltent les fruits de ces travaux. Mon but est que la Russie ait la primeur d'un vol interstellaire comme celle du premier vol dans l'Espace il y a un siècle.

— Monsieur Bogodine, vous souhaitez avoir l'exclusivité des résultats de recherche ? s'inquiéta Valentina.

— Oui, et ce jusqu'à la date du premier vol. L'effet de surprise est très important. Après quoi, toutes les publications scientifiques sont envisageables. Je suis prêt à tout financer pour ça.

— Bien. Votre position est très claire, confirma Valentina. Pour que nous soyons plus confiants sur la possibilité de concevoir un tel propulseur, il faudrait passer à une autre échelle. On a réfléchi à un propulseur miniature. Thales fabrique de tels lasers. Ils sont disponibles sur catalogue. Donc cela pourrait aller vite, mais il faudrait absolument se prémunir des dangers potentiels !

Dmitri Bogodine était ailleurs en imaginant la concrétisation de son rêve. Il n'écoutait plus Valentina. Il songea à solliciter un rendez-vous avec le chef du Kremlin. Il fallait prendre l'initiative. La discussion promettait d'être difficile. Le Président commençait à s'agacer de l'importance que prenait la route de l'Arctique qui échappait à son contrôle. La limite de tolérance fut atteinte lorsque la BDO fit alliance avec une compagnie Américaine. « Business is business ! » Il y avait une convergence d'intérêts pour assurer une voie commerciale continue sur la totalité du cercle polaire !

Il n'avait pas tenu compte des demandes réitérées du Président lui réclamant d'investir dans des infrastructures, notamment des routes, des écoles et même des voies ferroviaires pour relier ses nouvelles villes comptoir au reste du pays. Jusqu'à maintenant, très peu avait été consacré à ce type d'équipements. Dmitri comme broker, préférait investir dans des quais portuaires, des entrepôts et des terminaux pétroliers pour alimenter les centaines de cargos qui empruntaient l'océan Arctique. Que ces comptoirs soient reliés ou non aux grandes villes du sud, cela ne l'importait pas. Ce n'était pas son métier. Il faut dire que c'était une gageure de construire des routes sur un sol spongieux en proie à la raspoutitsa six mois par an. L'État n'ignorait pas les difficultés. Il le savait ! Mais il devait faire quelque chose pour accueillir les trente millions d'immigrés climatiques pour lesquels la Russie s'était engagée. Ce milliardaire, propriétaire de la DBO, unique pourvoyeur d'emplois après Gazprom en Sibérie boréale, était le coupable tout trouvé si les choses n'avançaient pas au bon rythme. Dmitri Bogodine, n'était-il pas le fusible idéal ?

Il lui fallait imaginer une stratégie pour avoir le champ libre et surtout, ses entrées à la cité des étoiles ainsi qu'au cosmodrome de Baïkonour, à ses ingénieurs et à ses lanceurs les plus puissants.

La Recherche – La propulsion photonique et ses répercutions.

mensuel N°721 daté septembre 2056

Peut-être la découverte du siècle qui ouvre des débouchés sans précédent pour l'exploration interstellaire. Ovidiu Oprea.

Laboratoire ELI – NP N° 30, rue Reactorului, Magurele Ilfov, Bucarest Roumanie

Infrastructure Extreme Light - L'installation de physique nucléaire (ELI-NP) exploitera deux composantes:

Un système laser de très haute intensité, avec deux bras laser 10 PW pouvant atteindre des intensités de 10^{23} W / cm^2 et des champs électriques de 10^{15} V / m.

Un système avec Max. Énergie γ: 19,5 MeV avec densité spectrale 10^4 ph / s / eV et ~ 0,1% de bande passante. Méthode de production: photons de lumière dispersés sur des électrons de haute énergie.

physique nucléaire et de l'astrophysique aux applications des matériaux nucléaires, de la gestion des déchets radioactifs, des sciences des matériaux et des sciences de la vie. Pour la mise en œuvre d'ELI-NP, nous suivons deux principes directeurs:

- une mise en œuvre par étapes d'ELI-NP
- une conception flexible de l'installation ELI-NP.

ELI-NP permettra à la fois des expériences combinées entre le laser haute puissance et le faisceau γ et des expériences autonomes.

L'infrastructure fournira un nouveau laboratoire européen couvrant un large éventail de domaines de recherche scientifique, allant de la physique fondamentale aux frontières, de la nouvelle

Le faisceau γ aura des propriétés uniques et ouvrira de nouvelles possibilités pour la spectroscopie à haute résolution à des énergies d'excitation nucléaire plus élevées. Cela conduira à une meilleure compréhension de la structure

Valentina interrompit les pensées du Russe en le ramenant à la réalité…

— Imaginez un milliard de Watts de puissance, concentrés sur un faisceau de dix centimètres de diamètre ! Cela constitue une arme extrêmement destructrice.

— C'est vrai. Je n'y avais pas pensé.

— Vous savez, fit Valentina Ene, lorsque l'on fait une découverte significative en physique, les premières retombées sont toujours d'ordre militaire. Bien sûr votre objectif est pacifique, mais il vous faudra gérer ce secret qui va devenir très encombrant au moment où vous allez devoir en parler à des représentants officiels.

- 10 -
La Zomia

Carole se rendait à l'évidence : ça ne menait nulle part de maintenir sa vie urbaine dans ce quartier, c'est-à-dire de retrouver un emploi stable, en mettant de côté ses convictions anarchiste et écologiste. Sa vie matérielle était constellée d'achats compulsifs, plus inutiles les uns que les autres. Ces emplètes qu'il fallait monter et stocker au 6e étage, étaient d'autant plus irrationnelles que la peur du tarissement de ses ressources financières la rongeait. Elle envisageait de partir, mais avec l'assentiment de Marc.

Elle prit la résolution de se renseigner sur la Zomia, de bâtir un nouveau projet de vie pour tous les trois. Où habiter ?

Dans quel type d'habitat ? Comment vivre en symbiose avec la nature, cultiver ses légumes et élever des animaux de ferme pour se nourrir ? Les sites internet de l'administration publique étaient nombreux. Ils fournissaient toutes ces informations pratiques, comme si l'État voulait se débarrasser de ses citoyens, attirés par la vie marginale. L'arsenal législatif y était mis en avant : Vous partez, mais à tout moment vous pouvez arrêter l'expérience et réintégrer votre place dans la zone active. Il vous suffit de remplir le formulaire Cerfa B418-C et de l'adresser à l'administration fiscale de votre domicile d'origine. Partir dans la Zomia c'était comme participer à un « escape game » : un simple jeu d'énigmes de la survie à résoudre à peu de frais et la possibilité de revenir dans le monde « normal », quand bon nous semble.

Carole se disait qu'ils pourraient tous trois faire cette expérience de vie en louant leur appartement parisien. Ils n'arrêtaient pas de le répéter pour en faire la promotion. Une famille pouvait largement subsister dans la Zomia avec l'équivalent d'un demi-salaire.

Lodève se situait idéalement en région sud sur une voie de circulation rapide et gratuite à destination de Toulouse et de Montpellier, à la frontière de l'Aveyron. Elle contacta la Mairie, comme recommandé dans les tutos.

L'accent chantant du Sud de l'adjointe qu'elle eut au téléphone, chargée de l'habitat au conseil municipal, la conforta dans l'idée que la transhumance dans la région des Causses remplacerait avantageusement la vie trépidante de Paris. Il fallait qu'elle se renseigne à la Mairie de Soubès. C'était le

Maire de cette minuscule commune, qui attribuait les parcelles le long de la Lergue et de la Brèze, les deux rus de ces vallées encaissées, creusées dans le millefeuille des strates de calcaire. Les hameaux y portaient des noms évocateurs comme « le bout du monde », ou « les potagers de l'Hérault ». N'y tenant plus, Carole décida de prendre du temps pour s'y rendre et explorer sur place. Seulement, pour jouir de la liberté de sillonner le long des chemins creux et flâner au gré des hameaux et des fermes, il fallait redémarrer la vieille Renault de Marc et son moteur hybride qui n'avait pas tourné depuis presque deux ans ! Les batteries étaient certainement mortes. Ça ne fait rien, songea-t-elle. La guimbarde pourrait tourner à l'essence, à condition de rouler à vitesse pépère.

Céline, sa fille, était transportée à l'idée d'habiter dans une tiny house toute neuve, de faire pousser des plantes, chose presque impossible à Paris et qui sait, d'élever quelques chèvres ? Elles avaient visualisé ensemble le catalogue de ces maisonnettes pour néoruraux en mal de retour à la nature. La surface était vraiment minuscule aux yeux de Carole, mais tout était si bien pensé, chaque zone de vie sans place perdue ainsi que ce qui tenait lieu de chambre, à l'étage. Dans celle que préférait Céline, un simple filet séparait la mezzanine où étaient disposés les lits, de la salle. C'était comme une maison de poupée ! Marc eut vent de leur projet en venant chercher sa fille à la sortie de l'école. La petite Céline avait répandu la nouvelle bien au-delà de sa classe et de ses meilleures copines.

Enfin Carole partit pour se rendre compte sur place, dans la région d'accueil où elle projetait leur nouvelle vie. Une renaissance ! Elle promit de leur envoyer le maximum de photos.

Elle se rendit par ses propres moyens dans un de ces petits villages au nord de Lodève, qui jalonne la frontière entre la zone active dépendante de Montpellier, et la Zomia.

Monsieur Poujerols, le maire de Soubès, dont la voix rocailleuse avait le même accent que celle du vendeur d'huile d'olive de son marché boulevard Richard Lenoir, lui avait recommandé de visiter le hameau de Saint-Pierre-de-la-Fage. Il faisait l'article sur sa région, pas fâché qu'une jeune parisienne y prenne place en lieu et place d'un Touareg ou d'un Malien.

— Vous verrez, c'est bieng, vanta-t-il. Vous ne serez pas dérangée. C'est au fond de la vallée et il y a des sources. C'est important ! Les néoruraux, ils n'y pensent jamais à la source. Ils s'imaginent qu'ils pourront subvenir à tous leurs besoins, à la culture, uniquement en collectant l'eau de pluie.

— Il y a du terrain plat pour cultiver ? s'inquiéta Carole.

— C'est dans la forêt, il faudra juste défricher un peu et abattre quelques mélèzes.

— Tant que je me rends là-bas, y auraient-ils d'autres emplacements disponibles que je pourrais voir ?

— Oui bien sûr ! Aujourd'hui ce n'est pas ce qui manque. Les vrais volontaires qui franchissent le pas ne sont pas encore légion. Vous pourrez poursuivre votre route sur le plateau. Là c'est plutôt la lande. Il y a du vent, mais la vue est imprenable ! C'est affaire de préférence. Prenez votre temps et choisissez !

Elle fut séduite par la région et la solitude des sites dont elle pourrait jouir en totale liberté. Les pistes sommaires que son tacot hybride franchissait avec difficulté, la ramenaient à la réalité. Est-ce que c'est accessible pour y construire une tiny house ? Est-ce un avantage d'être si isolé ? Si nous devions laisser Céline seule, que pourrait-il se passer ? Elle pensait alors aux mises en garde de Cochet, le voisin de son père : « tout seul, vous tenez trois jours, il vous faut bâtir un réseau de solidarité entre voisins ». Là, il faut bien le dire, il n'y avait pas de voisins. La lande à perte de vue, se disait-elle en se remémorant les kilomètres d'environnement sauvage et bucolique qu'elle avait parcouru sans aucune ferme ni masure.

De retour à Soubès, elle n'était plus sûre de l'habitat qui l'avait séduite de prime abord et éprouva le besoin d'échanger à nouveau avec Monsieur le Maire. Elle fut rassérénée à la vue de ce petit marché qui avait pris place sur la place de la Mairie. Elle s'imaginait déjà vendre ses artichauts poivrade, fruits de sa propre production.

— Venez, fit Carole à l'adresse de Poujerols. Je vous offre un pastis à la terrasse ? Ce café en face à l'air bien sympathique.

— Vous me tentez ! Ce n'est pas souvent qu'une Parisienne me propose un pastis.

— C'est tout ce que je connais des boissons du midi. Vous avez vu ce soleil ! Ce serait dommage de rester cloîtré dans ces pièces sombres pour discuter.

Monsieur Poujerols s'exécuta et traversa la place par le marché, sans manquer de saluer la moitié du conseil municipal.

— Qu'est-ce que font les gens qui arrivent ici d'habitude ?

— Ça vous paraît isolé, loin de tout, à l'opposé d'une vie sociale, avouez-le ? interrogea le maire.

— Oui j'en prends conscience. Peut-être faudrait-il que je vise une région plus urbanisée ?

— Ça ne saute pas aux yeux, mais il y a une vie sociale très organisée ici. Chacun a fini par trouver sa place dans une sorte d'organisation de cogestion, dans laquelle chaque compétence contribue au bien commun. Ce serait bien que vous assistiez à l'une de ces réunions hebdomadaires entre villageois. Vous verrez, on y parle de problèmes très concrets. Comme il n'y a pas de chef ou de représentant officiel, ils ne se mettent pas toujours d'accord. Tenez, c'est là que ça se passe, dit-il en montrant l'église.

— Ils se réunissent à l'église ? Le curé prête son église pour des réunions laïques ?

— Il y a longtemps que l'église ne sert plus au culte et qu'il n'y a plus de curé. Ce bâtiment a été entretenu par la commune. Il est normal qu'elle la mette maintenant à la disposition des Soubésiens.

— Oui bien sûr ! Comment les nouveaux habitants se sont intégrés ? J'ai vu qu'il n'y avait pas de ruines ou de granges disponibles. J'arrive peut-être trop tard ? Aussi, j'envisageais de vivre dans une tiny house avec mon compagnon et ma fille ou peut-être même dans une roulotte.

— Oh, les nouveaux habitants n'achètent pas de roulotte ou de « taïnie housse », comme vous dites. Si vous changez d'endroit tout le temps, comment allez-vous faire pour cultiver vos légumes ? Ici les premiers « colons », ont acheté des granges ou même des ruines et les ont retapées. Il n'y en a presque plus, c'est vrai. Si vous hésitez pour adopter ce mode de vie, il y a le camping-car. C'est idéal si vous avez la bougeotte et si vous êtes effrayé par l'isolement. Dans ce cas, vous n'avez pas besoin de terrain.

— Non, je voulais me fixer quelque part. Je ne recherche pas la vie nomade. Mais je pense préférable qu'il y ait quelques voisins à proximité.

 La conversation s'interrompit. Monsieur Poujerols bénéficiant d'un contre-jour favorable, observait la moindre expression de Carole avec l'acuité d'un inspecteur de police. Doutait-elle ? Était-elle venue pour se convaincre de ne pas se lancer ou avait-elle pris sa décision ? Un rayon de soleil vint éblouir son visage. Malgré la grimace qu'elle fit pour se protéger, il lui parut qu'elle était sincère.

— Ah, vous me faites penser à une annonce que mon cousin de la Vanoise m'a transmise. Cela pourrait peut-être vous convenir ? suggéra-t-il.

Il lui montra l'annonce sur son portable. C'était un extrait du catalogue des prochaines mises aux enchères de Drouot.

— C'est mon cousin qui vient de m'envoyer ça. La photo illustrait un ancien refuge désaffecté.

— C'est spécial comme architecture, s'étonna Carole. Pas du tout dans le style de la région.

— C'est conçu par Jean Prouvé. C'est démontable, c'est là son intérêt, outre le fait qu'il doit être très bien isolé et qu'avec 70 m2, c'est plus contenant qu'une roulotte !

— La mise à prix est vraiment intéressante. Mais est-il en bon état ? Et puis, il y a le coût de démontage, du transport et du remontage.

— Je demande à mon cousin si vous voulez. Il se renseignera sur le démontage. Je pense qu'il peut avoir la clé et prendre des photos à l'intérieur. Ça n'engage à rien.

- 11 -

Entrevue au Kremlin

Convoqué par le « Tsar » en personne, il avait provoqué cet entretien qui ne lui disait rien qui vaille : un mauvais moment incontournable à passer. Cette situation ne pouvait l'empêcher de penser à l'affaire Loukos. Mikhaïl Khodorkovski avait été emprisonné en raison du rachat par sa propre banque d'un tiers de la compagnie pétrolière nationale. Tant qu'il se limitait, comme d'ailleurs la plupart des oligarques, à des affaires véreuses d'importations de contrefaçon de produits de luxe occidentaux ou de revente à bas prix de combinats en faillite, cela n'avait pas d'importance. Mais posséder le trésor de guerre de la Russie, c'était comme s'attaquer au peuple et au pouvoir.

Dmitri Bogodine, n'avait rien entrepris de répréhensible. Il avait cependant l'intuition que son activité maritime en plein essor, dans une zone disputée par la plupart des grandes puissances, échappait au contrôle du pouvoir central, et donc, gênait. Le Ministère de la Marine lui avait demandé l'an dernier, de fournir des informations sur l'organisation de ses convois, tels que le nom des compagnies clientes, le nombre de bateaux et surtout les dates de départ. Il s'en était tenu au minimum, surtout pour les dates. Elles n'étaient communiquées ni aux autorités, ni aux clients potentiels. Il tirait profit de cette information stratégique, en spéculant sur l'incertitude de la date du départ. N'étant pas fixé à l'avance, il n'établissait le montant du forfait qu'au moment d'intégrer les derniers clients au convoi, une fois l'atteinte d'une marge substantielle.

Il gravit l'escalier accompagné d'un appariteur du palais. C'est d'ailleurs par ce parcours que l'on visite le Kremlin. Il se souvenait l'avoir emprunté, il y a très longtemps, lors d'une visite touristique avec ses parents. Après avoir franchi deux portes gardées, il pénétra dans une antichambre au plafond démesurément haut et au lustre prétentieux. Le Président entra dans la salle et s'approcha de lui le visage impassible, pour lui serrer la main sans protocole.

Il faisait partie de ces hommes qui comme ses prédécesseurs, exerçaient les pleins pouvoirs des décennies durant. Ils étaient nommés à vie par le Parti unique. Incrédules sur le bien-fondé des institutions internationales du monde capitaliste occidental, ils avaient une parfaite connaissance de leurs adversaires et avaient appris à s'en méfier. Les rapports de la Russie avec le reste du monde étaient depuis la perestroïka, profondément marqués par l'absence de confiance réciproque. Le Tsar ne se refusait pas l'opportunité d'un coup bas, lorsque l'un de ses adversaires, aux prises avec la démocratie agonisante, se retrouvait un genou à terre à la suite d'un revers de politique intérieure. C'était le jeu d'échec politique par excellence. Le calcul froid et la mise en œuvre des meilleures représailles possibles. Tu fais preuve de faiblesse, je te mange ta tour ! Mais c'était surtout l'alliance indéfectible avec le frère Chinois qui rendait la Russie très puissante. Elle avait atteint ainsi, un rang politique et économique qui surpassait maintenant celui de l'Europe…

Ils pénétrèrent ensemble dans une pièce attenante, très vaste, vraisemblablement la salle du conseil. Il le présenta à un amiral ainsi qu'au Ministre des Affaires Maritimes.

Ils se regroupèrent pour prendre place dans un coin de cette table de bois massif, immense, autour de laquelle pouvait se réunir sans peine tout le conseil des ministres. Un écran se déploya sur le côté, presque sur toute la largeur du mur. L'amiral commença son exposé. Il énuméra, photos à l'appuis, plusieurs interceptions de sous-marins américains, chinois et même français, qui furent menées ces deux dernières années. Le grief envers Bogodine tenait au fait que ces bâtiments étrangers avaient tous été détectés sous ses convois commerciaux. Ils constituaient pour eux un camouflage sonore idéal. L'amiral conclut que l'absence d'informations précises et fiables sur l'organisation de ces convois portait atteinte à la sécurité de la Russie. Il n'était pas acceptable que des bâtiments américains naviguent en toute impunité à quelques encablures des côtes sibériennes.

Le Président remercia l'amiral. Toujours très calme et impassible, il se frotta le visage, préalable à sa prise de parole. Dmitri Bogodine se doutait bien qu'il n'avait pas été convoqué ici pour un simple rappel à l'ordre. La sanction allait tomber…

Ce dernier rappela que la Russie était toujours gouvernée par un régime communiste et que toute activité commerciale d'importance devait pouvoir être contrôlée et approuvée par le pouvoir central, surtout s'agissant de la sécurité du pays. Le prétexte était tout trouvé pour que l'État s'appropriât, sans autre forme de procès, la DBO, c'est-à-dire la troisième compagnie maritime mondiale.

Dmitri Bogodine sentait venir la conclusion, par la pression croissante des arguments de son vis-à-vis à son endroit.

— Je vous la laisse, dit-il, en faisant son mea culpa sur la difficulté que son activité maritime engendrait pour la marine Russe, préjudiciable à la sécurité des côtes.

Si c'est l'État qui organise et contrôle les convois, ça n'en sera que mieux !

Le Président malgré son impassibilité, n'aimait pas être pris à contre-pied. Où était le piège ?

— Qu'est-ce qui vous conduit à céder DBO ? Nous n'avons pas encore abordé les modalités de la poursuite de ces convois avec le Ministre des Affaires Maritimes.

— Je ne suis pas marié, pas d'enfant, et n'ai pas le problème de transmettre un héritage. Cela me procure une grande liberté.

Le Président acquiesça du regard. Ce n'était peut-être pas son cas…

Je voudrais démarrer un autre projet avec votre assentiment. Il représentera, s'il aboutit, un prestige pour la Russie équivalent à celui du premier vol de Youri Gagarine ! Ce sera bientôt les cent ans anniversaire. Pourquoi ne pas fixer cette échéance comme objectif ? Mais je ne peux agir seul, bien sûr. Pour mener à bien ce projet spatial, j'aurais besoin des autorisations et de toute latitude pour travailler avec la cité des étoiles, Baïkonour et les laboratoires et bureaux d'études les plus renommés et compétents de la Russie. Ainsi, s'agissant d'organismes publics, vous serez informé de l'avancement des activités. La poursuite de cette ambition me prendra tout mon temps et d'importants moyens financiers. Aussi je ne peux plus mener les deux activités de front. Je laisse à la Russie le soin de gérer seule la route de l'Arctique !

Le Président fut surpris que la tonalité de la confrontation glissât de la remontrance puis de la sanction qu'il ne pouvait plus formuler d'ailleurs, vers une proposition donnant-donnant. Il ne s'agissait pas comme à l'accoutumée d'un rapport de forces. Il se détendit légèrement en ôtant les coudes de la table et en s'enfonçant dans son dossier. Il voulut en savoir plus.

— C'est quoi ce projet ? demanda-t-il en fixant son interlocuteur droit dans les yeux pour lui signifier son incrédulité.

— Je me passionne pour les techniques spatiales et les colloques scientifiques internationaux auxquels j'assiste. Il se trouve qu'un laboratoire à Bucarest, est très près de reproduire à une échelle réduite bien sûr, le phénomène du Big Bang. En consultant des membres éminents de ce laboratoire, j'ai acquis la conviction que l'on pouvait tirer profit, pour l'exploration spatiale, de la réaction physique de combinaison des constituants de la matière. Celle-ci pourrait nous ouvrir les portes de l'exploration interstellaire, des mondes habités situés à plusieurs années-lumière !

Le Président compulsa son téléphone et appela un de ses conseillers pour une présence immédiate à la salle de conseil. Il dut insister pour que celui-ci obtempère. Il lâcha avec une profonde lassitude : « Il est très difficile de se faire obéir ».

Le conseiller scientifique entra enfin alors que le Ministre aux affaires maritimes prenait congé. L'Amiral jugea utile de rester. On ne sait jamais : le Big Bang et la technologie d'un vaisseau intersidéral ne pourraient-ils pas profiter à la conception d'un super missile ?

« Je vous en prie, Monsieur Bogodine, poursuivez sur votre projet. »

Il répéta à peu de chose près ce qu'il venait d'affirmer. Le conseiller lui posa des questions plus précises. Quels contacts avait-il eus à Genève et à Bucarest ? Quelles expériences visaient à reproduire le phénomène du Big Bang ? Sur quoi fondait-il ses conclusions ? Il était embarrassé de dévoiler tout ce qu'il savait, de peur de se faire doubler. Il s'en tira en affirmant qu'il avait financé une expérience et qu'il était propriétaire, à titre temporaire, des conditions opératoires et des résultats. Que ceux-ci avaient été probants. Et qu'il voulait en faire profiter la Russie à titre exclusif.

La discussion avec le conseiller se détendit. Ce dernier, fit signe au Président qu'il voulait s'entretenir avec lui, seul à seul. Bogodine patienta à nouveau dans l'antichambre. Il examina machinalement les objets qui trônaient sur la cheminée. Ils ne devaient pas tous être authentiques. Des copies d'objets emblématiques de l'époque soviétique sans doute. Ces bustes en céramique de Lénine et de Poutine, aussi bien les originaux jaunis par le temps que les copies, ont aujourd'hui une valeur certaine dans l'âme du peuple russe… et sur le marché des antiquités.

Le conseiller entra enfin et s'approcha, le visage souriant. Il lui tendit un papier avec un nom et un numéro de téléphone. « Vous êtes attendu par le professeur Nicolaï Chtchoussev à la cité des étoiles. Il s'agit du responsable scientifique des programmes spatiaux, une des plus hautes autorités en la matière. Le Président s'est entretenu personnellement avec lui sur votre affaire. Pour la BDO, il vous enverra quelqu'un pour régler les modalités pratiques du transfert de responsabilités ». Le conseiller l'invita à une nouvelle poignée de main, plus chaleureuse que la précédente, pour conclure l'entrevue.

« Bonne chance camarade ! »

Les préparatifs

- 12 -

La Cité des étoiles

Le rendez-vous avait été fixé pour le 13 août. Un parterre de savants vêtus de la même blouse de coton, était réuni dans l'immense salle Kagoula, écrin d'un siècle d'aventure spatiale. Le plafond, haut de cinq mètres environ était orné en son centre d'une allégorie en relief et en taille réelle, représentant un Soyouz et la sortie dans l'espace de deux astronautes flottant à proximité. Il était ceinturé d'une frise d'étoiles moulurées, dont le vernis écaillé était jauni par le temps. Manque de budget d'entretien ou volonté de conserver ce sanctuaire dans son jus ? Les murs étaient ornés des portraits de cosmonautes illustres qui avaient contribué à la gloire de l'ex Union Soviétique. Cette cathédrale décatie, emblème des conquêtes spatiales russes, demeurait le lieu incontournable des présentations, et des symposiums décisionnaires, comme tout ce qui concernait « l'univers » du monde communiste. Depuis cette époque, la roue avait tourné : le budget de la fédération de Russie destiné aux explorations spatiales était devenu exsangue. Après la course des grandes puissances pour la conquête de Mars, seuls quelques rares milliardaires pouvaient poursuivre, en y consacrant des sommes déraisonnables. La compétition se perpétuait entre riches à l'ego démesuré, tendance à l'hubris, pour assouvir leurs rêves et laisser leur nom dans l'histoire. La collecte d'échantillons, fussent-ils originaires des planètes les plus lointaines, ne suscitait plus d'intérêt, sauf spéculatif, le faible apport des expéditions martiennes aidant. Non, l'atteinte du Graal dorénavant c'était la première poignée de main avec des extraterrestres.

Dmitri Bogodine avait déjà un pied dans l'affaire. N'avait-il pas financé, sur ses fonds propres, toute la recherche menée à Bucarest sur le phénomène inverse de l'amplification laser ? Seul détenteur des brevets sur la propulsion photonique, cela lui ouvrait toutes les portes. La découverte du siècle en astronautique faisait bien sûr des envieux tant à Baïkonour qu'à Cap Canaveral.

Après avoir traversé le hall gardé par deux vigies, Dmitri aperçut en franchissant le seuil de la porte monumentale à doubles battants, ce qui semblait être un conseil informel de scientifiques. Groupés tels des pingouins sur la banquise immaculée autour de la grande table lustrée comme un miroir, ils discutaient entre eux sans prêter attention aux craquements annonciateurs de son arrivée que produisaient ses pas sur le parquet vénérable. Nicolaï Chtchoussev, responsable scientifique de la base, interrompit sa conversation et vint tout sourire, à la rencontre de Bogodine.

« Bienvenu à Chtchiolkovo camarade ! » dit-il en lui décochant une longue poignée de main. Il était sincèrement enthousiaste à la perspective de cette entrevue, alors que le reste du groupe, indifférent, ne prit même pas la peine d'interrompre ses conciliabules. Chtchoussev frappa des mains, source d'un puissant écho, et apostropha l'assistance avec force pour obtenir le silence. Il pria les bavards de prendre place et désigna le siège « présidentiel » à Dmitri. « Je vous en prie, asseyez-vous et exposez-nous votre projet. Nous avons tout notre temps ! »

Dmitri profita du silence pour entamer un coup d'œil circulaire et dévisager un à un les membres de cette assemblée. Ils étaient tous relativement âgés. Fut-ce le signe que la cité des étoiles ne recrutait plus de jeunes universitaires ? Enfin il commença.

— Je suis ici pour vous demander conseil sur une future mission spatiale que je projette de mettre en œuvre pour explorer une planète habitée…

Silence appuyé. Personne n'eut l'impolitesse de se gausser.

« Quand je dis habitée, je veux dire, pas par de simples organismes vivants, mais par des êtres conscients comme nous, d'une intelligence suffisamment développée pour que l'on puisse échanger avec eux sur les domaines religieux, technologique, anthropologique. Un tel monde existe-t-il ? Est-il atteignable en quelques années de vol à vitesse lumière ? »

Des toussotements d'incrédulité remplirent l'espace jusqu'à ce que le vis-à-vis de Bogodine, un homme chauve aux sourcils épais, extirpa de sa poche droite un lourd cendrier en verre. Il y frappa bruyamment sa pipe, tels les trois coups du théâtre et entreprit en prenant son temps de s'en bourrer une avant d'intervenir. Aucun de ses voisins ne s'offusqua des épaisses volutes acres qu'il expirait et dont il savourait la progression. L'assemblée lui était acquise. A n'en point douter, il incarnait l'Autorité.

— Nous comprenons que la découverte de la propulsion photonique vous donne des ailes et vous amène naturellement à envisager de concrétiser une telle ambition. Mais ne croyez-vous pas que c'est un peu prématuré ?

Sans se démonter, Bogodine balaya cet argument qu'il avait entendu maintes fois avec moins de cérémonial.

— Les astronomes n'ont-ils pas découvert avec le télescope James Webb des milliers d'exoplanètes, proches du Système solaire, dont on connaît l'orbite, la taille et la densité. Oserais-je dire qu'il n'y a que l'embarra du choix ?

— Malheureusement, Monsieur Bogodine, reprit le docte fumeur de pipe, l'équation de Drake, malgré les découvertes astronomiques récentes, nous donne toujours une probabilité infime de pouvoir rencontrer à moins de dix années-lumière, une civilisation extraterrestre avancée. Certains affirment même que la probabilité d'apparition d'une vie intelligente sur une exo planète est si faible que la terre pourrait être un cas unique dans la galaxie.

— Je ne partage pas votre pessimisme, répondit Dmitri Bogodine. Si non je ne serais pas là !

Il fut interrompu par un vieil homme qui s'exprimait avec un fort accent Géorgien. Avec son sourire malicieux, il se leva pour se rapprocher de Dmitri.

— Avant d'aborder les modalités pratiques de cette mission, c'est-à-dire la taille du vaisseau, l'effectif de l'équipage, la possibilité technique ou non d'un voyage de retour, je vous conseille de rencontrer notre éminent collègue de l'université de Moscou, Igor Kolli. Il vient de recevoir le prix Nobel de biologie sur la théorie des échelles. Il paraît que l'on peut maintenant déduire une quantité impressionnante de détails sur les êtres vivants d'une exoplanète, à partir de sa taille et donc de la gravité qui y règne.

— C'est un préalable indispensable qu'il faut appréhender au même titre que l'immense difficulté à recruter un futur équipage, reprit le leader du groupe. Après quoi, vous pourrez revenir nous voir. Ce sera avec plaisir de poursuivre avec vous sur ce projet.

— Que voulez-vous dire à propos d'équipage ? Ne maîtrisons-nous pas l'hibernation pour les voyages de longue durée ?

Nicolaï Chtchoussev prit la parole.

— Bien sûr, les travaux du professeur Feldman à Tel Aviv permettent d'envisager maintenant des hibernations de plusieurs années. Mais, il y a les rayons gamma et les micrométéorites. Savez-vous que les astronautes que l'on a envoyés en mission pendant un an dans la station internationale ISS, subissaient un vieillissement physiologique de dix ans ! On n'en a pas trop parlé à l'époque. Mais l'équipage, lui le savait. Vous pouvez imaginer les difficultés de recrutement !

De ces échanges, Dmitri Bogodine tira une impression plutôt négative. Mais il n'essuya pas un refus de coopérer, ce qui constituait déjà un grand pas. Cette suggestion de rencontrer un biologiste éveillait sa curiosité. Jusqu'ici, nourris par l'abondante littérature et la filmographie sur les UFO, il imaginait comme tant d'autres, les extraterrestres tels des monstres à l'encéphale surdimensionné, avec des tentacules, le plus souvent dangereux et agressifs. D'un point de vue scientifique, qu'en savait-on aujourd'hui ? Au fur et à mesure qu'il roulait vers le centre de Moscou, la curiosité le rongeait de plus en plus. N'y tenant plus, il chercha le numéro de téléphone et appela le professeur qu'avait recommandé le chercheur de Chtchiolkovo

— Allô, Professeur Igor Kolli ?

— Da. À qui ai-je l'honneur ? Pouvez-vous parler plus fort, je vous entends mal.

— Dmitri Borodine. Je voudrais vous voir à propos de vos travaux sur la théorie des échelles.

— Da. Vous êtes Dmitri Bogodine ? L'entrepreneur de la route de l'Arctique ?

— Oui. Je ne vous contacte pas pour mes affaires, mais pour une question scientifique. C'est le centre spatial de Chtchiolkovo qui m'a recommandé de vous rencontrer.

La voiture commençait à pénétrer dans la banlieue de Moscou. La circulation nécessitait maintenant une plus grande vigilance. Les avenues étaient truffées de caméras à reconnaissance faciale. Le gouvernement Russe avait interdit les conversations téléphoniques au volant. Les discussions d'affaires entraînaient invariablement l'énervement, source d'accidents. Dmitri trouva enfin une place pour garer sa lourde limousine et poursuivit.

— Monsieur Kolli, je m'intéresse aux exoplanètes et plus particulièrement aux habitants d'une planète habitée comme la nôtre. On m'a dit que vous êtes la bonne personne pour prédire à quoi ils pourraient ressembler.

— C'est un peu ça en effet. Venez quand vous voulez. Disons demain vers onze heures ?

— À L'université ?

— Non, mon laboratoire n'a rien de spectaculaire, car comme les mathématiciens, je travaille surtout à partir d'équations et de recherches bibliographiques. Je vous propose un autre lieu à proximité. Le café La Pravda. C'est sympathique et discret. Il y a beaucoup d'étudiants. Nous ne serons pas écoutés.

Dmitri avait entendu parler de ce lieu branché de la capitale. Il paraît que la salle est éclairée par de faux néons qui imitent même le clignotement intempestif des tubes usés. Il y aurait même la ZIL décapotable de Léonid Brejnev. Tout cela le mettait en appétit. « D'accord pour La Pravda, » confirma-t-il.

Puis la limousine démarra. Il eut juste le temps d'esquiver une course-poursuite. Un énorme tout terrain rugissant de la police, aux pneus surdimensionnés et nanti d'un pare-buffle généreux, poursuivait deux Ferrari rose pailleté, signe sans équivoque de leur appartenance à la mafia Katiouchka. Un cliché encore plus commun que le café collector de notre biologiste.

Le lendemain, il préféra commander un taxi à l'hôtel pour se rendre dans le quartier de l'université. Malgré l'heure creuse, il perdit beaucoup de temps dans les bouchons, qu'il mit à profit pour passer quelques téléphones.

Il descendit au croisement du quai Kotelnitcheskaïa, une des promenades préférées des Moscovites, et d'une petite rue perpendiculaire, qu'il préféra parcourir à pied. La devanture de La Pravda était conforme à sa réputation. Le propriétaire avait dû chiner l'enseigne chez un brocanteur. Les lettres en relief, grossièrement repeintes de rouge et de jaune d'ocre avaient été rafistolées. À l'évidence, elles étaient authentiques.

À l'intérieur, les tables et les chaises d'époque en formica et au piétement rouillé, rehaussaient ce décorum de l'époque communiste, comme l'uniforme désuet des serveurs et des serveuses. L'attraction était sans contexte, cette pige aux Cadillac Eldorado, rêve américain du siècle dernier. De ses six mètres de long et deux mètres de large, cette vieille ZIL décapotable en imposait. Le plus kitch ce n'était pas les drapeaux de l'ex URSS plantés fièrement sur les ailes mais les pneus flanc blanc. Dmitri écoutait une discussion entre étudiants connaisseurs, fans et nostalgiques du vieux matériel soviétique. Quelqu'un lui tapota l'épaule. Il se retourna aussitôt.

— Bonjour Monsieur Bogodine. Bienvenu dans mon QG. Je vous présente Shervan, une jeune chercheuse d'origine arménienne qui nous a rejoints pour démarrer sa thèse. Vous prenez un bortch avec nous ? C'est la spécialité de La Pravda.

— Oui bien sûr. Mais comment m'avez-vous reconnu ?

— C'est Shervan, qui sans hésiter nous a dirigés vers vous. Prenons cette table voulez-vous ?

Il prit une attitude obséquieuse pour nous placer autour de ce carré en formica, comme si nous nous apprêtions à un dîner caviar à l'Oblomov. Accrochée au mur, une immense toile d'Alexandre Deïneka datée de 1935, représentait un groupe de jeunes hommes sortant du bain. Une autre œuvre du même peintre accrochée dans l'angle, était composée de deux couples surplombant les méandres d'un large fleuve – – la Volga ou l'Amou-Daria peut-être ? Deux hymnes à la jeunesse et au culte du corps. Dmitri, absorbé par ces peintures collector ne faisait pas attention à son hôte qui fit signe à une serveuse et commanda trois bortchs.

Shervan quant à elle ne prononça pas un mot, par respect sans doute envers ce vieux professeur démuni de moyens de recherche et d'une équipe digne de ce nom. Ce n'en était pas moins méritoire de décrocher un prix Nobel et surtout la reconnaissance de l'administration spatiale de son pays.

« Bien que biologiste, je n'ai pas de laboratoire proprement dit. Je travaille avec de vieux ouvrages et mes outils sont des formules mathématiques très simples auxquelles peu de mes collègues prêtent attention. J'ai commencé mes recherches en exhumant une ancienne théorie formulée en 1930 par un écossais, d'Arcy Thomson. Outre ce savant très brillant mais longtemps ignoré, mes compagnons de travail ont été Kleiber et Huxley, le frère de celui qui a écrit le meilleur des mondes. Vous voyez, on entre dans le sujet ! »

Une serveuse à la mine légèrement boudeuse typiquement slave, coiffée d'un sert tête en dentelle et d'un tablier blanc assorti, leur apporta une énorme soupière fumante qu'elle s'efforça de poser au milieu de leurs affaires.

« La Pravda est connue pour ses bortchs. Ça se cuisine de moins en moins, mais c'est un plat typique du lieu et de l'époque communiste. On ne peut rien commander d'autre. Les étudiants adorent ! ». Igor Kolli poursuivit ses explications. Shervan écoutait toujours sans dire un mot.

« Pour nous chercheurs en biologie cellulaire, la condition idéale pour l'exploration d'une planète tellurique susceptible d'héberger un monde tel que le nôtre, se résume à une gravité légèrement plus faible que sur la Terre. Ce sont les lois d'échelles formulées par Kleiber, qui conduisent à cette conclusion. Les conséquences majeures d'une gravité moindre par rapport à la Terre, sont que les êtres vivants dominants qui y vivraient, j'espère des humanoïdes, auraient un métabolisme significativement plus réduit et donc, ne se contenteraient que d'un repas journalier au lieu de trois pour nous les humains. Plus économes en ressources, ils seraient moins poussés aux conflits. Enfin il est probable qu'ils soient plus grands que nous et qu'ils vivent en toute intégrité physique, bien au-delà de cent ans !

— Vous dîtes humanoïdes questionna Dimitri. À quoi ressemblent-ils ?

— J'ai la conviction qu'ils devraient avoir une morphologie très proche de la nôtre avec une tête de taille normale et non démesurée avec un cerveau hypertrophié, telle qu'on a pu le voir souvent dans des films de science-fiction. Savez-vous que notre cerveau de Sapiens était significativement plus gros il y a deux cent mille ans qu'il ne l'est aujourd'hui ?

Donc intelligence ne veut pas dire forcément grosse tête. Mon intuition est qu'ils devraient avoir une peau brune protectrice contre les radiations de leur étoile plus agressives que celles du Soleil ainsi qu'un dimorphisme sexuel peu marqué.

— Qu'est-ce qui vous fait penser cela ?

— Ce n'est pas une conclusion de biologiste mais des paléontologues qui ont étudié l'évolution des premiers hommes. *Si l'on s'en tient à la comparaison entre espèces, le dimorphisme sexuel modéré des Sapiens par exemple, tient à plusieurs facteurs : une faible compétition physique entre des hommes apparentés, une tendance marquée pour la monogamie et le choix des femelles. Mais cela est devenu plus compliqué dans les sociétés humaines en raison de règles imposées pour les unions et de l'incroyable arsenal inventé par les hommes pour dominer les femmes, que ce soit pour les tâches, les usages d'outils et toutes les formes d'idéologies de la domination religieuse, économique et politique (Extrait du livre Sapiens face à Sapiens. La splendide et tragique histoire de l'humanité. Pascal Picq. Flammarion 2019)*

Pendant les explications de ses interlocuteurs, Dmitri songeait à ces humanoïdes en levant les yeux à nouveau sur la toile d'Alexandre Deïneka. Ressemblaient-ils à ces jeunes hommes nus, bronzés, en pleine forme physique, tels des athlètes que la patrie communiste aimait représenter ? Le professeur poursuivait son monologue.

« Cela dépasse mes compétences, mais les échanges que j'ai eus avec mes collègues prouveraient qu'une civilisation qui n'a pas été confrontée à la prédation de façon systématique devrait adopter un système social basé sur la monogamie et sur l'entraide entre individus d'un même groupe social, comme les conventions nous l'imposent à nous les hommes, et non sur la compétition comme chez les chimpanzés ou les loups, pour lesquels le mâle dominant veille constamment à conserver ses femelles et sa suprématie sur les autres mâles rivaux.

La parution de mon essai « premiers hommes », contemporaine d'un film sur le même sujet, fut suivie d'une tournée dans les collèges. Parmi les questions récurrentes, il y avait celle-ci :

Pourquoi est-ce une femelle qui dirige un groupe d'Erectus ? Dans le film c'est le cas.

Le fait que des collégiens ainsi que des enseignants se sentent interpellés par une telle situation en dit long sur l'empreinte de l'idéologie de la domination masculine dans nos sociétés récentes, surtout depuis l'émergence des grands systèmes philosophiques et théologiques, après les inventions des agricultures. Les gènes n'y sont pour rien, et les sciences dites humaines seraient bien avisées de s'en instruire plutôt que de fustiger la biologie pour pallier leurs insuffisances conceptuelles et dogmatiques.

— Je ne cherche pas un monde qui serait meilleur à tout point de vue que celui que nous connaissons, objecta Bogodine.

Pour lui, son vis-à-vis était plus féministe que les leaders du mouvement « Me Too ».

— L'absence de lutte pour la nourriture et aussi l'absence de guerres et de combats, incitent à l'exploration d'une planète tellurique, légèrement plus petite que la nôtre, de telle sorte que la gravité locale y soit légèrement inférieure. Pas trop quand même, pour qu'il y réside une atmosphère respirable et exploitable par des êtres analogues aux humains. Ainsi, les humanoïdes qui y habiteraient auraient un métabolisme plus réduit et seraient ainsi moins occupés à leur subsistance, ce qui les aurait rendus moins prédateurs que les humains et donc plus employés à des tâches de réflexion, plus qu'à la conquête de territoires et de nourriture. Ils seraient ainsi plus bienveillants avec leurs femelles et bien sûr…avec d'éventuels visiteurs terriens.

— Il me reste donc à la trouver cette planète tellurique, hospitalière et pacifique ! Surtout, elle doit être à une distance raisonnable, affirma Dmitri.

— J'ai connu un astronome arménien lorsque j'ai étudié à Saint Petersbourg. Il est reparti dans son pays et me fait part régulièrement de ses publications sur la découverte d'exoplanètes. Il travaillait à l'observatoire de Buyrakan. Allez-y ! Vous y trouverez peut-être la perle rare ? Restez en liaison avec nous et surtout avec Shervan. Elle vous aidera à nouer des contacts dans le milieu universitaire.

- 13 -

Arménie – Observatoire de Buyrakan

« Le petit Mont Ararat. » C'était la traduction de l'Arménien du lieu où ils se rendaient, en pleine campagne, non loin d'Erevan. Une maigre consolation pour ce peuple qui n'avait jamais réussi à inclure la montagne divine à l'intérieur de ses frontières, là où Noé avait trouvé refuge.

Le mont Aragats, tel son modèle biblique, possède une forme pyramidale parfaite. Il avait été sélectionné il y a un siècle pour la transparence de son ciel et pour l'absence de lumières nocturnes parasites, provenant de villes avoisinantes et de turbulences de l'atmosphère. Le régime soviétique croyait en l'avenir de Buyrakan au même titre que les Occidentaux ne juraient que par le Chili et les Îles Canaries pour y implanter des télescopes gigantesques. Le dernier en date, l'ELT, de 39 m de diamètre, avait eu lors de sa construction, de nombreux déboires techniques et financiers. Seul instrument humain capable de « voir » une exoplanète tellurique de taille comparable à la Terre, il n'était malheureusement que peu accessible. Les campagnes d'observations n'étaient programmées qu'après l'accord unanime des astronomes membres de l'ESA … alors qu'à Buyrakan, subsistait toujours l'esprit pionnier d'une recherche libre, sans contingences financières. De nombreux étudiants Russes s'y rendaient pour compléter leur documentation de thèse. Le célèbre astronome Victor Hambardzumyan y avait fondé un complexe destiné à recenser l'ensemble des étoiles et galaxies qui constellent notre ciel de l'hémisphère nord. Pas moins de six coupoles d'observations y avaient été édifiées. Lorsque l'Arménie était devenue indépendante, Buyrakan se reconvertit dans l'observation et le recensement d'exoplanètes et devint connecté à la plupart des grands observatoires internationaux. C'est justement la nouvelle directrice du centre, Elma Parsamian que Shervan avait contactée, sur le conseil de son maître de thèse.

La voiture fit un crochet sur la gauche pour gravir une petite route escarpée, très peu empruntée. La lande était couverte d'herbes et de fleurs sauvages des montagnes, dont les couleurs étaient plus chatoyantes les unes que les autres. Le GPS indiqua un chemin sur la droite qui aboutit sur une petite place. Derrière une vieille grille rouillée, était plantée la maison des gardiens dont la porte était ouverte. Dmitri descendit de la voiture et appela.

Peu habitués aux visites, ils devaient être occupés à un jeu de cartes. Ce n'est qu'au bout d'une à deux minutes que l'un d'eux montra sa tête, par l'encadrure de la porte. À la vue des visiteurs, tenant sa casquette, il glissa sa main sur sa tête, d'un geste ample vers l'arrière, pour discipliner son abondante chevelure frisée. Il finit par la camper sur sa tête, puis sortit de son antre, l'air grave et peu avenant, ce qu'autorisait le port de son uniforme militaire et l'horaire tardif pour les visites. Dmitri le regarda droit dans les yeux et le sollicita à nouveau pour pouvoir entrer. L'anglais, le russe n'y faisait rien et réflexe endémique de l'Arménien employé dans un modeste job, il regardait sa montre, l'air de dire ; à cette heure c'est fermé, revenez demain.

Shervan sortit à son tour et avec une intonation autoritaire fort à-propos, indiqua au garde-chiourme dans sa langue, qu'ils étaient attendus et que l'on comptait sur lui pour appeler la chef du centre. Il se passa au moins dix minutes avant qu'Elma Parsamian vînt presque en courant, à leur rencontre. La serrure du vieux portail rouillé était cassée. À moins que la clé ait disparu depuis longtemps ? La conversation s'engagea à travers la grille, alors que le gardien était affairé à ouvrir le cadenas et à dérouler la lourde chaîne qui le sécurisait.

— Bienvenue à Buyrakan, fit Elma. Désolée de vous avoir fait attendre !

— J'aurais dû vous téléphoner dès que nous approchions du site, répondit Shervan.

— Le centre est très grand et vous n'êtes pas arrivés par la bonne entrée. J'ai oublié de vous préciser ce détail. Venez, venez !

Ils marchèrent encore vingt bonnes minutes dans ce qui ressemblait plus à un jardin entretenu qu'à un observatoire, avant d'atteindre la coupole qui semblait la plus récente.

— C'est un jardin botanique, demanda Dmitri ?

— Comme vous le constatez, le parc est très grand et nous l'avons aménagé en arboretum. Il se visite avec l'observatoire de Metzamor, vieux de trois mille ans ! L'Arménie a toujours été un haut lieu d'observation du ciel. Ces visites contribuent à financer notre travail.

Tenez, voici notre ancienne maison des astronomes, dit-elle, en montrant du doigt une construction en briques dont la plupart des vitres cassées témoignaient qu'elle n'était plus utilisée depuis longtemps.

Sans doute que l'afflux d'étudiants russes s'était tari depuis que l'Arménie avait obtenu son indépendance. Elle devina ma pensée et affirma : « Nous avons beaucoup d'étudiants iraniens. Ils s'arrangent à leur façon à l'extérieur du centre. »

Ils empruntèrent une coursive circulaire à l'intérieur de la coupole et aboutirent enfin devant l'ossature bleu roi campée là du télescope de Schmidt. Elle occupait tout l'espace. Au sol, une alternance de banquettes et d'armoires métalliques en faisait le tour. Ils s'assirent autour d'une table minuscule, qui semblait plus servir à la pause goûter qu'à déployer des plans et autres cartes des constellations.

— Je vous écoute Monsieur Bogodine. On m'a dit que vous cherchiez une exoplanète habitée ?

— C'est exactement ça, répondit Dmitri et si elle avait le bon goût de se situer pas trop loin ce serait idéal.

Shervan Emadian rajouta à la requête, que la gravité devait y être légèrement plus faible que sur Terre. Elma Persamian posa son menton sur ses mains jointes avant de répondre.

— Vous connaissez le paradoxe de Fermi ? interrogea-t-elle. Il y a vingt ou trente ans, je vous aurais dit qu'il a peut-être 50% de chances que nous soyons seuls dans l'univers. À l'époque, nous n'étions capables d'observer que des planètes gazeuses, gravitant autour d'étoiles naines, donc inhospitalières. Nous en avons catalogué des milliers en vain. Ce n'est qu'avec des satellites d'observation dédiés aux exoplanètes, comme Cheops ou du télescope James Webb, que nous avons commencé à recenser et cataloguer des planètes telluriques, dont certaines propices à la vie, compte tenu de leur température au sol. Aujourd'hui, nous en avons identifié cinq cents, situées entre trois et quarante années-lumière de la Terre. Parmi celles-ci, je dirais qu'il y en a une vingtaine, dont les caractéristiques, comme la taille, l'orbite par rapport à leur étoile, l'existence d'une atmosphère et la présence d'oxygène et de vapeur d'eau sont très proches de celles de la Terre et donc en théorie, habitables.

— Habitées vous voulez dire ?

— Scientifiquement, je ne peux l'affirmer, répondit Elma. Les observations radio astronomiques de ces planètes n'ont révélé aucune émission d'ondes de nature artificielle. Ici nous travaillons avec la technique des vitesses radiales grâce à laquelle la masse et l'orbite d'une exoplanète peuvent être mesurées par les perturbations qu'elle engendre sur son étoile. Nous couplons cette technique avec celle de l'analyse radiométrique de l'atmosphère à des longueurs d'ondes sélectionnées pour détecter la présence d'eau et d'oxygène. C'est déjà très significatif mais malheureusement insuffisant pour attester de la présence de la vie et d'êtres vivants conscients. Comme je vous l'ai indiqué, nous sommes en constante liaison avec le super télescope ELT de 39 mètres de diamètre de l'ESA. Aussi, nous nous répartissons les rôles. A Buyrakan, nous archivons l'ensemble des observations d'exoplanètes, tandis que les satellites et le super télescope du Chili sont réservés à des observations fines et approfondies. *Vous savez, la probabilité d'apparition d'une vie intelligente pourrait être si faible que la terre serait un cas unique dans la galaxie. Elle est néanmoins peu satisfaisante, car elle redonnerait un rôle privilégié à la Terre, alors que l'astronomie a montré tout au long de son histoire que notre planète n'a rien de spécial.*

De nombreux contre-arguments au raisonnement de Fermi ont été avancés. Par exemple, nous recherchons des extraterrestres depuis trop peu de temps pour nous rendre compte de leur existence ou déchiffrer leurs signaux. Ils pourraient en outre utiliser des modes de communication que nous connaissons mal, comme la télépathie.

Autre hypothèse encore, les extraterrestres ont bel et bien colonisé la galaxie, mais ils nous évitent, soit parce que notre planète ne les intéresse pas, soit parce que nous leur paraissons trop dangereux et belliqueux, soit encore parce qu'ils appliquent un code éthique de non-ingérence. ».

Les chercheurs de l'université d'Oxford se sont attachés à tenir compte de ces incertitudes qui entourent ces valeurs. Des incertitudes qui, selon l'état actuel des connaissances scientifiques, s'étendent parfois sur plusieurs ordres de grandeur. Des incertitudes qui, une fois combinées, ont permis aux chercheurs de produire une nouvelle estimation de la probabilité que l'humanité soit la seule forme d'intelligence dans notre galaxie.* *Ainsi à la question* « où sont-ils tous ? », *ces chercheurs répondent aujourd'hui :* « Probablement loin... très loin et vraisemblablement à une telle distance qu'il ne soit jamais possible de les rencontrer. »

Dmitri Bogodine n'écoutait plus depuis un moment, tant on lui avait déjà rabâché ce disque.

— Ce n'est pas très encourageant, mais je refuse de me ranger au défaitisme des Anglais, répondit-il. Comment peut-on avoir accès à ces observations fines issues de l'ELT ?

— Oh, c'est très simple, dit Elma Persamian. Venez ! Elle s'assit derrière une console. Toutes les observations recensées jusqu'à présent, sont classées dans ce fichier que nous avons conçu et que nous maintenons constamment à jour. Voilà, j'introduis les critères que vous m'avez donnés: distance maxi à la terre, présence d'atmosphère, gravité…

L'ordinateur confirma l'estimation de l'astronome limitée à une vingtaine de planètes candidates.

Extraits de Chroniques de l'espace. Jean Pierre Luminet. Edition du cherche midi 2019.

— Que veut dire cette indication dans cette colonne ? demanda Dmitri.

— C'est pour préciser si l'astre a donné lieu ou non à une scrutation approfondie. Il y en a deux en cours d'examen sur la liste des planètes sélectionnées.

Après un court moment de réflexion, elle voulut compléter les connaissances de Dmitri Bogodine sur l'influence de la taille de la planète et sur la probabilité de l'existence de la vie :

— C'est très pointu cette question de gravité. Si la planète n'est pas assez massive, elle n'aura pas de rotation synodique. La face exposée à son étoile sera grillée et l'autre restera congelée — donc pas de vie possible. Il y a aussi la gravité qui doit être suffisante pour retenir une atmosphère sans quoi elle meurt. À l'exemple de ce que nous connaissons, la Terre et Vénus ont une atmosphère. Mars, dont la gravité est de 0,4 g n'en a pas. Si l'on combine ces deux critères, il est probable que la vie ne puisse apparaître pour une gravité inférieure à 0,7 g.

— K530. C'est quoi cette planète dans la zone de Proxima du Centaure ?

— Sa gravité est de 0,85 g. Elle est la planète tellurique connue la moins éloignée de nous, soit à quatre années-lumière environ. Elle conviendrait. Elle est en cours d'observations par l'ELT. Vous voulez voir son environnement ? questionna Elma Persamian.

— Oui, fit Dmitri, non s'en cacher son impatience, tel un gosse devant un cadeau de Noël.

Elle tapa les coordonnées de Proxima du Centaure. Aussitôt, la coupole ainsi que la lourde structure du télescope s'ébranlèrent de façon à s'orienter vers l'étoile. Elle fit signe à Dmitri de grimper sur l'échelle qui longeait l'axe de la structure pour aboutir à un siège suspendu, dont l'accès était pour le moins acrobatique. Ne fallait-il pas entretenir des capacités physiques de trapéziste pour devenir astronome de l'Union Soviétique, se demandait-il ?

Enfin, il accommoda l'œilleton à sa vue et observa cette myriade d'étoiles. Comment croire qu'aucune civilisation n'ait pu naître et prospérer parmi ces millions de mondes ? Elma lui donna quelques indications pour repérer visuellement Proxima : « A une heure des trois points lumineux formant un triangle équilatéral situés au centre. Puis en descendant verticalement, sur un tiers du rayon d'observation, vous verrez un point isolé, plus lumineux que les autres et légèrement bleuté. C'est l'étoile que vous cherchez. Elle compte sept planètes dont trois telluriques. »

Dmitri Bogodine se concentra pour mémoriser ce bout de ciel, but de son désir d'exploration. C'était presque irréel se disait-il et autrement plus ambitieux que de pelleter des cailloux sur Mars ou même sur Titan — le satellite à la mode vers lequel l'ESA projetait d'envoyer une nouvelle sonde.

— Qu'avez-vous à ce stade sur K530 ? Des clichés, des données scientifiques plus détaillées comme la température du sol ou la composition de l'atmosphère ?

Elma Persamian consulta à nouveau le fichier en sélectionnant la planète convoitée. Au bout d'une minute, un point lumineux bleu et vert s'afficha sur l'écran. « C'est l'image brute d'observation » dit Elma. « Attendez, je pense que l'image de synthèse reconstituée doit être également disponible ». Après un moment, une image incroyablement détaillée de cet astre apparut. On y distinguait des montagnes apparemment enneigées, des océans et une bande marron au niveau de l'équateur, comme sur la Terre.

— Il me faudrait ce cliché, demanda instamment Dmitri. Quand toutes les données seront-elles disponibles selon vous ?

— Oh, eh bien une exploration approfondie ne dure pas plus de trois mois, peut-être un peu plus, si elle fait l'objet d'une demande particulière.

— Si je voulais passer commande d'une exploration détaillée de K530 en vue de pouvoir se prononcer non seulement sur la présence de la vie, mais d'une civilisation, comment faudrait-il que je procède ? Je peux financer cette étude avec des moyens très conséquents.

Elma Persamian avait en tête tous les travaux de maintenance en souffrance de son centre, perpétuellement reportés, faute de moyens suffisants dont l'État Arménien ne disposait pas. Elle annonça le chiffre de cent mille Euros, presque sans réfléchir. Dmitri Bogodine jugea ce montant dérisoire en regard de l'enjeu et si bien sûr, cette étude pouvait attester de la présence d'humanoïdes….

Shervan fit le nécessaire pour récupérer les données existantes auprès du technicien qui se tenait là pour la bonne marche du télescope. « Il est tard, dit-elle et je ne sais pas s'il y a un hôtel à proximité que nous pourrions prévenir ? »

Elma répondit par la négative. Elle désigna deux couchettes libres. C'était là tout ce qu'elle pouvait offrir à ce milliardaire russe et à son assistante étudiante. L'astronomie n'est-elle pas elle aussi, comme l'archéologie, une science de spartiates ? « Et encore, dit-elle, vous ne serez pas réveillés à trois heures du matin pour une observation de quelques minutes. Bonne nuit ! Vous trouverez les toilettes en sortant, en suivant l'allée de droite. Il y a un écriteau. Prenez une lampe de poche, c'est plus prudent, à cause des serpents ! »

- 14 -
Quel équipage pour une telle mission ?

Cette question cruciale, personne ne se l'était jamais posée dans le contexte précis d'une mission interstellaire à destination d'une planète peuplée d'humanoïdes comparable à la nôtre. Les savants avaient déjà réfléchi à des missions d'exploration de plusieurs années, au-delà de Mars, avec l'impossibilité de communiquer avec la Terre. La notion « d'aller simple » n'avait pas été écartée, sans pour autant aborder les aspects humains et pratiques du recrutement de l'équipage. Qui pouvait se résoudre à monter sans contrainte dans un vaisseau, avec la certitude de ne jamais revoir la Terre ?

Les réflexions que Dmitri jugeaient comme les plus abouties, concluaient sur l'envoi d'une cellule familiale. C'est le système social le plus solide. Un équipage soumis à une promiscuité extrême et forcément avec une hiérarchie entre ses membres, présenterait au moindre incident, tous les risques d'une mutinerie, d'une remise en cause de la mission elle-même, au profit d'un retour bien plus sécurisant que l'exploration d'un monde inconnu, inhospitalier, voire hostile. Pour une exploration de longue durée et sans certitude de pouvoir compter sur ses hôtes pour sa propre survie, il était reconnu qu'un couple avec ses enfants et ses proches, soit une vingtaine d'individus, puisse entretenir de bonnes relations pendant des dizaines d'années, même dans des conditions de vie difficiles.

Certes, ce serait idéal. Mais deux conditions matérielles majeures empêchaient de s'aligner sur cette préconisation relevant du bon sens :

Il était inenvisageable, tant en Russie qu'en Europe et aussi en Amérique, d'entraîner une famille entière de cosmonautes potentiels, a fortiori s'il fallait y inclure des enfants mineurs.

Le dimensionnement du vaisseau, soit autour de trente tonnes, était inadapté au transport d'une colonie d'une vingtaine d'humains avec les servitudes associées comme les sarcophages d'hibernation, l'oxygène et la nourriture.

Il fallait s'y résoudre, l'équipage d'une mission interstellaire ne pourrait être constitué que d'un couple, voire d'une seule personne. Est-ce qu'un mari et son épouse partageraient le même enthousiasme et le même courage pour une telle mission ? L'obstacle majeur, ce n'était pas la technique mais l'humain. Plus que le franchissement de la vitesse de la lumière, celui du seuil d'un vaisseau qui ne pourrait revenir sur Terre, pouvait être insurmontable. Il pensait à la bravoure de Neil Armstrong se posant le premier sur le sol lunaire, sans certitude du retour, « un petit pas pour l'homme » ou celui d'un condamné franchissant le couloir de la mort au dernier jour de son existence. Toutes ces réflexions hantaient l'esprit de Dmitri Bogodine alors qu'il se rendait à nouveau à la cité des étoiles. En ce matin gris et pluvieux, le pessimisme l'envahissait. Il avait plus que jamais besoin de l'expertise de Nicolaï Chtchoussev.

Ils se rencontrèrent au TSOUP à Chtchiolkovo, centre d'entraînement des cosmonautes. Nicolaï avait compris la crainte de son correspondant et en vint au fait à propos de l'équipe actuelle. Les vols habités à destination de l'ISS n'avaient plus cours depuis plus de vingt ans. Contrairement aux Américains, les Russes avaient abandonné le programme sur Mars. Néanmoins ils avaient recruté une dizaine d'apprentis cosmonautes, hommes et femmes, au cas où !

Pour des raisons scientifiques mais surtout économiques, les principales nations spatiales avaient progressivement opté pour l'étude et le lancement de sondes interplanétaires téléguidées. Il s'était suivi une désaffection dans les rangs Russes pour d'éventuelles missions habitées. Désenchantement et démissions firent qu'à ce jour, il ne restait plus que deux femmes et un homme candidats à rejoindre le cosmos. Ils se languissaient de n'avoir jamais été affectés à une mission.

Dmitri Bogodine avait tenu à les rencontrer. Il commença par la plus jeune, Natalya Kuleshova, la quarantaine, née le 6 novembre 2017 à Aleksevskoe, petit village de la région d'Alekseïev. Ses cheveux bruns lui tombaient sur les épaules. Elle était vêtue d'un tee-shirt noir, d'un pantalon de survêtement et de baskets. Elle voulait, en apparence, ne consacrer aucun effort à mettre en valeur sa féminité. Son visage arborait la moue boudeuse caractéristique des Slaves qui ne veulent pas qu'on les drague et qu'on les prenne au sérieux, pour ce qu'elles sont.

Comme ses collègues, elle ne s'était jamais harnachée dans un siège de Soyouz. Natalya avait cependant à son actif, cinq cents heures de vol sur YAK et sur SUKHOI, pour beaucoup, effectuées en voltige aérienne. Elle avait décroché, dès ses vingt ans, son brevet de parachutisme ainsi qu'un brevet de premier niveau en sports aéronautiques. Le vol sur supersonique, c'était le Graal, la voie royale pour entrer à la cité des étoiles. Elle commença sa carrière professionnelle au groupement de recherche et de fabrication du bureau d'études du constructeur Sukhoï.

L'entretien allait commencer. Natalya une fois assise, soutenait le regard de son vis-à-vis. Dmitri réfléchissait, en se concentrant, le menton en appui sur ses mains jointes, à la façon dont il mènerait l'entretien. Il choisit de l'interroger sur sa perception d'un vol de très longue durée.

— Êtes-vous mariée ? Des enfants ?

— Oui je suis mariée. Mon mari est colonel dans l'aviation. Je n'ai pas d'enfant, répondit-elle sans une once d'émotion dans la voix.

— Dans votre équipe, avez-vous connu un des derniers participants d'une mission sur l'ISS ? En avez-vous parlé avec lui ?

— Oui, bien sûr. J'ai connu Maxime Souraïev. Il était apprécié et respecté de tous. Une figure et un exemple pour nous ! C'est lui qui m'a recrutée. Il est resté longtemps au TSOUP après sa mission sur l'ISS. Il a volé sur Soyouz T16.

— Et alors, que vous a-t-il rapporté sur sa mission ?

— L'organisation des journées. L'impérieuse nécessité de tout minuter pour bien répartir les tâches et les expériences entre les membres d'équipage de façon à synchroniser leurs emplois du temps. Le leadership nécessaire pour débrouiller les conflits. On en parle peu, mais il y en a beaucoup dans un espace si réduit ! Et puis… jusqu'à la fin, c'est long, et on a hâte de rentrer.

— Sa mission, elle dura six mois ?

— Oui, avec les Américains, nous nous sommes accordés sur cette durée. Au-delà, l'être humain peut subir des séquelles irréversibles.

— On a fait mieux depuis, avec la mission sur Mars.

— Si on fait abstraction qu'un membre de cet équipage Américain est maintenant dans une chaise roulante, oui, on peut faire mieux, répondit-elle du tac au tac. La Russie n'organise plus de telles missions pour préserver la santé de ses cosmonautes.

— Avez-vous entendu parler de l'hibernation appliquée aux vols habités ? relança Bogodine.

— Oui, c'est une voie de recherche qui est en cours pour les vols de longue durée. C'est ce que j'ai appris ici à la cité des étoiles. Nous avons eu des conférences.

Nicolaï Chtchoussev s'impatientait. Il se demandait, en croisant et décroisant ses jambes, à quel moment Dmitri en viendrait au fait. Celui-ci déroula alors le poster sur lequel figurait la photo de la planète K530 et l'étala devant Natalya.

« La mission consiste à rejoindre cette planète et à s'y établir, car elle est habitable. »

Il examina très soigneusement les éventuels écarts de physionomie de cette femme, lorsqu'il prononça ces paroles. Il poursuivit.

« Elle se situe à sept années de vol de la Terre. Seriez-vous volontaire pour une telle mission ? Vous et votre mari ? »

Elle fixa Dmitri Bogodine dans les yeux, puis ceux de son hiérarchique, Nicolaï. Son expression n'avait pas changé. En tout cas, rien sur son visage ne trahissait le moindre sentiment d'appréhension.

— Je suis prête, si c'est ce que la Russie a choisi de me confier. Pour ce qui est de mon mari, la question est curieuse. Il n'a pas subi l'entraînement des cosmonautes.

Nicolaï Chtchoussev prit les devants pour répondre.

« Le vaisseau sera très automatisé et les opérations de pilotage nécessaires seront réduites au strict minimum. La présence de votre mari, c'est pour… tenir et garder le moral pendant cette très longue mission. Un couple est facteur de stabilité. »

Elle ne posa pas de question et demanda à prendre congé. Dmitri Bogodine s'étonna du manque de curiosité de cette cosmonaute.

— C'est étonnant, dit-il à Nicolaï. Elle n'a exprimé ni accord ni refus. À sa place, j'aurai cherché à en savoir beaucoup plus pour me décider.

— Vous savez, c'est un honneur de prendre part à l'aventure spatiale de la Russie et d'être sélectionnée pour ça. Elle ne refusera jamais ouvertement. Et puis, vous avez parlé de son mari. Il faut qu'ils en discutent ensemble. C'est naturel.

— Je peux voir les autres ?

— Oui bien sûr. Je vais appeler Sergueï Ryjikov. Il est célibataire. Il s'entraîne spécialement pour les missions de longue durée. Vous verrez, sa jeunesse lui procure une grande assurance. Un peu genre James Bond. Il était prévu qu'il fasse partie de la mission sur Mars dans le cadre des échanges avec la Nasa, mais au dernier moment, un milliardaire américain lui a damé le pion.

L'homme entra à son tour, souriant, décontracté. Il jeta un coup d'œil sur le poster et s'assit tranquillement. Son expression était presque amusée, voire défiante peut-être ? Chacun s'accordait à maintenir le silence, propice à l'observation mutuelle. Les uns pour jauger du tempérament du cosmonaute et l'autre pour évaluer si ce projet était sa chance. Enfin il choisit d'entamer le dialogue.

— Nous aurions la technologie pour aller jusque-là ? demanda-t-il à Nicolaï en regardant le poster.

— Maintenant, oui.

— Elle semble propice à la vie cette planète. Des océans des montagnes, des nuages. C'est loin ?

— À environ quatre années-lumière de chez nous.

De tête, il fit un calcul. Dix à douze ans pour le vol aller-retour auquel il fallait ajouter six mois à un an sur place. Si tout se passait bien, il reviendrait avec vingt-cinq ans de plus d'âge physiologique à cause des dommages causés par les radiations cosmiques et il reverrait la terre pratiquement un demi-siècle plus tard, compte tenu des lois de la relativité. Quel pouvait être l'intérêt pour Roscosmos de récupérer les fruits de cette exploration dans cinquante ans ?

« Je suis impatient d'en savoir plus, » dit le candidat.

Dmitri Bogodine lui fit un bref descriptif du projet en évoquant la propulsion photonique, non sans éluder les hypothèses d'un vol aller simple et d'un équipage très réduit. Le but de la mission est à rapprocher de celui de Voyager, un siècle plus tôt et non de celui de Mars.

La mine de Sergueï devint dubitative. Il s'adressa à Nicolaï Chtchoussev en s'étonnant que l'on écartât délibérément le retour de l'équipage. Jusqu'ici la règle internationale, tacite mais non écrite, stipulait que l'on ramène sur Terre en bonne santé le « matériel humain » dédié aux explorations spatiales. Nicolaï répondit :

— Tout est basé sur l'hypothèse que cette planète qui s'appelle K530, soit habitée par des êtres biologiquement proches de nous, non belliqueux avec qui vous pourriez communiquer… et vivre. Ainsi, le vol ne vous amènerait pas sur un caillou exempt de vie, comme on peut le constater sur cette vue, qui semble témoigner de la présence d'eau et d'une atmosphère, mais à la rencontre d'une société consciente. Ainsi, le vol retour ne serait plus nécessaire.

— Vous exhumez le vieux programme de recherche Américain des astrobiologistes, Le SETI, (*Search for Extra-*

Terrestrial Intelligence) demanda Sergueï Ryjikov. Il ne vous a pas échappé que depuis cinquante ans, nous en sommes revenus et que nous nous limitons maintenant à la recherche de simples micro-organismes, comme sur Titan.

Qu'est-ce qui vous permet d'affirmer que cet astre, K530 comme vous l'appelez, est habité par autre chose que des paramécies ou des monstres ?

— C'est une des difficultés de ce programme Sergueï. Nous y travaillons avec le meilleur biologiste de la Russie. Il va de soi que nous n'enverrons personne au suicide !

— Je vous propose que l'on en reparle dès que vous aurez du concret.

— D'accord Sergueï.

Nicolaï Chtchoussev informa Dmitri Bogodine que la troisième candidate était tout l'inverse de Sergueï. Nadejda Koujelnaïa était une femme gaie, avenante. Son sourire et l'intonation un peu chantante de sa voix, incarnaient la joie de vivre, en éloignant le moindre doute sur le bien-fondé du programme à destination de ce nouveau monde habité.

Elle rayonnait d'enthousiasme à cette idée, car elle se désespérait d'attendre et de donner un sens à son métier, après vingt-cinq ans passés au TSOUP, sans aucune perspective de mission jusqu'à présent. « Ne vous y fiez pas trop Dmitri, Nadejda vient de fêter ses cinquante-cinq printemps. Vu son moral et sa motivation, elle pourrait convenir.

« Je vous recommande néanmoins de rencontrer d'autres candidats et candidates à l'ESA, en Europe. Nous mutualisons les équipes avec eux. Ce n'est pas un problème, vous verrez ! Retenez qu'il faut pratiquement dix ans pour former et entraîner un cosmonaute. Je prends contact avec mon homologue à Paris », conseilla Nicolaï.

"Ла Правда"

Официальная газета Коммунистической партии России

27 сентября 2059 г.

Спустя столетие после полета первого русского космонавта, русского космонавта, вскоре направившегося в Проксиму Кентавр!

Май 2059 года, последний русский набор не имеет женщин. Спустя более девяти лет Надежда Куженная, единственная женщина в нынешней команде российских космонавтов, которая тренируется в Городе Звезд, отчаянно ожидая космического полета, думает, что не будет совершать никаких полетов. выбран в 2033 году для полета на МКС. Ее первый космический полет, как бортинженер, должен был состояться в апреле 2001 года, но за три месяца до старта она узнала, что ее место заняло: именно американский миллионер Деннис Тито уедет на БОРТ, заплатив 20 миллионов долларов. В октябре того же года Надежда была дублером Французского астронавта Клоди Хайнье. Обычно лайнеры отправляются в космос для следующей миссии. Но в апреле 2002 года его место в корабле "Союз" занял второй космический турист,

южноафриканский миллионер Марк Шаттлворт.

ГлаваРоссийского аэрокосмического агентства (РВК) юрий Коптев убил свою последнюю надежду в феврале. После катастрофы американского шаттла Columbia, унесшие жизни 7 астронавтов, г-н Коптев объявляет, что отправка женщин-космонавтов на НЕе "не скоро".

– 15 –

Agence spatiale Européenne à Paris - recrutement de l'équipage

Au dire de ses amis qui avaient entrepris le voyage touristique et culturel à Paname, cette capitale était devenue bien singulière : tout le contraire de ce à quoi les Moscovites aspirent. Familiers de la voiture individuelle, ou plutôt d'énormes 4x4 aux pare buffles rutilants, marqueurs comme jamais de statut social, ils avaient été déroutés par le retour à la marche et même au déplacement à cheval que prônait Paris. Quel romantisme, mais aussi, quel recul de développement !

Les transports individuels assujettis à tout autre mode de propulsion que la force musculaire, avaient été définitivement écartés. Les voitures électriques n'avaient plus bonne presse. On savait que les batteries n'étaient pas recyclables, mais source d'immenses pillages des déserts Andins et de foyers de pollution en Inde, tel celui très meurtrier qu'Union Carbide avait provoqué à Bhopal. Plus de bruits de roulement, à tel point que le pavé était redevenu chic et avait remplacé l'asphalte et les parkings abandonnés, aménagés en écuries. Les fiacres et les chevaux revenaient ! Quel signe de distinction que de se faire transporter à cheval !

LVMH City, c'est ainsi que les touristes Russes s'étaient habitués à qualifier Paris, la ville musée avec ses boutiques de luxe, ses palaces cinq étoiles et ses avenues AirBnB. Mais les contrastes sociaux s'y observaient de plus en plus. Ne rappelait-elle pas Bombay, parfois, avec ses façades de pierre de taille proprettes et ravalées au pied desquelles subsistaient des hordes de clochards dormant à même le sol ? La mairie et les pouvoirs publics s'imposaient de les nourrir et de les entretenir, au nom des Droits de l'Homme. Une ville de contrastes assurément ! Le rajeunissement de cette cité était assuré par de jeunes entrepreneurs, des traders et des fondateurs de start-up. Les extrêmes générationnels de la société parisienne cohabitaient mais ne se côtoyaient pour rien au monde. La journée pour les « vieux » et la vie nocturne pour les jeunes wasps et les étudiants. Tous les soirs et la nuit, ils se retrouvaient dans des cafés et restos branchés, agglutinés sur les terrasses.

Paris, c'était aussi l'aiguillon de l'Europe. Une capitale qui n'était plus consciente de son impertinence. Elle aimait imposer sa vision, comme Madrid, à la fin de l'inquisition et de la conquête des Amériques. Paris était écouté pour ses positions humanistes… mais son avis n'était pas suivi, car parfois dénué de pragmatisme et élaboré sans consensus avec ses partenaires Européens. La ville lumière avait gardé malgré tout son prestige, de par son influence historique. Elle dénombrait quelques sièges d'institutions européennes comme celui de l'ESA (*Agence Spatiale Européenne).*

C'est là que se rendaient Dmitri Bogodine et Shervan Emadian, rue du général Bertrand, dans le quartier des ambassades, non loin de la place de Breteuil.

Aussi ne furent-ils pas surpris dans ce contexte, en vérifiant le numéro de cet immeuble, vieillot, en briques, que c'était bien le bon. Là, dans ce bâtiment très modeste d'apparence, se décidaient les programmes spatiaux de la troisième agence spatiale mondiale.

Ils furent reçus dans une petite salle au plafond mouluré dont l'odeur de peinture indiquait qu'elle venait d'être refaite. Les fauteuils en cuir élimés signés Le Corbusier, de vraies pièces de musée, n'avaient pas été remplacés. Roy Parker, le directeur des vols habités entra le premier dans une salle de conférences réservée pour la circonstance. Il actionna un vieil interrupteur en porcelaine. Il était accompagné d'Alexandre Astier, expert européen de la « vie » extraterrestre. Une femme en tailleur, sans âge, les rejoignit par la suite. Elle se présenta comme spécialiste de la cybersécurité spatiale.

Roy avait eu vent du projet de Bogodine par Vladimir Popov, le directeur de Ros cosmos, ainsi que par Alexander Gabriel, de la FIA (*Fédération Internationale de l'Astronautique*).

Il se montrait dubitatif et surtout très prudent. En agitant son stylo en argent sur un bloc, il exprima un point de vue neutre, impersonnel et sans allant, comme la plupart des représentants des instances Européennes en avaient le secret.

— Vous savez, personne n'a imaginé jusqu'à présent s'éloigner au-delà de la ceinture de Kuiper.

On parle de sondes pour explorer le nuage de Oort. Cela reste très futuriste.

Ne pensez-vous pas qu'il serait plus prudent d'envoyer une sonde sur K530, pour vérifier la présence effective d'humanoïdes, avant d'envisager un vol habité ?

— Oui, la prudence voudrait que l'on procède ainsi, répondit notre ex-milliardaire Russe. Mais cela rajouterait une douzaine d'années avant d'en venir au fait, sans compter que les sondes ne sont pas exemptes de pannes et de défaillances.

— Mais y envoyer des hommes avant d'être sûr. Ne croyez-vous pas que cela manque de prudence ?

Dmitri commençait à s'impatienter en se disant que ce gars-là, avec son beau costume et son discours lisse et policé, n'avait jamais pris de risque. C'est sans doute pour cette raison qu'il avait franchi tous les échelons pour se retrouver au sommet. Il poursuivit dans ses arguments.

— Mes appuis politiques ne sont pas éternels. J'ai fait un gros sacrifice financier pour que cette mission puisse se préparer maintenant. Je compte beaucoup sur la science afin déceler la présence ou non d'une vie intelligente sur cette planète, dit-il en se tournant vers Astier.

— C'est presque mystique comme objectif ? interrogea l'expert qui, en dehors de sa fonction officielle, était féru de culture Hindouiste. À ce titre, il était également conseiller permanent au Musée Guimet.

— Igor Kolli, le biologiste prix Nobel, est la personne à laquelle je me fie le plus. Il est extrêmement convaincant ! C'est lui qui me pousse à avancer. À tel point que Madame Emadian, de son équipe de recherche, qui m'accompagne, y consacre sa thèse de Docteur en sciences de l'Université de Moscou.

— Très bien, très bien. Je ne vous fais pas l'injure de vous demander si vous êtes informé de l'absence totale de signaux intelligents captés par les radiotélescopes ainsi que des estimations peu optimistes des scientifiques qui s'appuient sur l'équation de Drake ?

— Les variables de l'équation de Drake sont toutes fausses à quelques décades près. Donc le produit de ces erreurs ne nous avance en rien. Il sert surtout de justification pour se restreindre à l'exploration de comètes. Mais votre remarque du début est juste. La question est bien de savoir si oui ou non, nous sommes le résultat d'un pur hasard et si nous sommes seuls dans l'univers.

L'experte en cybersécurité jugea bon d'intervenir. Elle mourrait d'envie de questionner nos visiteurs pour s'assurer qu'ils avaient bien conscience de la convoitise que pouvait susciter le secret de la propulsion photonique. Dmitri répondit que détenir la technologie était un préalable, mais que la difficulté majeure pour lui était humaine : trouver un ou une volontaire pour s'embarquer dans un vaisseau qui ne reviendrait jamais sur Terre.

— Je parlais des applications militaires potentielles. Un jet de deux cents tonnes de poussée, cela peut être une arme redoutable ! Il faudrait assurément protéger l'ordinateur de vol de votre vaisseau d'un piratage cybernétique.

— Pour l'instant, dit Bogodine, la confidentialité de tous, y compris la vôtre, est le meilleur rempart contre ce genre de risque.

Constatant à quel point son interlocuteur était convaincu de son projet et surtout de l'appui indéfectible de Vladimir Popov, son compatriote, Roy Parker contacta son correspondant au centre d'entraînement de l'ESA. Cet appel mit fin à cette réunion, passage obligé avec les ronds-de-cuir, pour obtenir enfin ses entrées à Cologne.

- 16 -

Base d'entrainement des cosmonautes de Cologne. Entretien avec Marilyn.

Situé dans la campagne Rhénane, le centre d'entraînement spatial européen avait tout d'un campus universitaire, avec ses bâtiments de plain-pied, vitrés sur toute leur hauteur, modernes, ils donnaient sur de magnifiques patios arborés, sur un stade, partagé avec l'université technologique de Cologne. Dmitri Bogodine et Shervan Emadian y retrouvèrent Vladimir Popov. Ce colosse qui accusait sur la bascule un poids bien au-delà du quintal, était tellement enthousiaste à l'idée du projet de Bogodine, qu'il faillit lui décrocher le bras, tant sa poignée de main fut vigoureuse et insistante. Quand vint son tour de le saluer, Shervan, escamota ses mains par prudence derrière son dos.

« Essayez-vous, essayez-vous ! insista-t-il. Je suis si heureux qu'un compatriote sacrifie toutes ses affaires, et Dieu sait qu'elles étaient prospères, pour la gloire de la Russie. Vous vous rendez compte de l'immense prestige qui rejaillira sur notre pays ! Un siècle après le premier vol de Youri Gagarine. Le Kremlin sera content. Il faut que ça marche ! La revanche des Russes sur les Américains est enfin arrivée ! »

Bogodine ne voulut pas abonder dans son sens sur ce terrain. C'était à son avis prématuré. Mais il ne voulait pas le froisser. L'appui de Vladimir Popov était déterminant pour la suite. Il annonça comme une boutade.

— Je recrute. Je suis là pour trouver des cosmonautes, dit-il. Pour le lancement du 12 avril 2061, il faut encore attendre un peu. Personne ne sait encore qui sera retenu pour le grand plongeon !

— Ah, justement nous avons réfléchi avec le chef du centre à propos du candidat idéal. Bien qu'il soit très contrarié à l'idée de se séparer de son meilleur élément, il a fini par accepter. Ce n'est pas un mauvais bougre ! La Russie a besoin de L'ESA, mais l'ESA a besoin de la Russie. C'est utile pour nos affaires, susurra-t-il avec un clin d'œil. Les doigts boudinés et pour certains, cerclés d'anneaux et de grosses bagouses du plus mauvais goût, il faisait partie de cette ancienne nomenklatura communiste qui ne croyait qu'au rapport de forces. L'écoute et l'obéissance envers le maître du Kremlin constituaient la seule ligne de conduite qui permettait de conserver son pouvoir dans cette hiérarchie opaque. Il appela directement l'oiseau rare. Le, ou plutôt la candidate vint d'un pas léger à leur rencontre. Ils eurent le loisir d'observer distraitement sa démarche à travers les larges baies vitrées, lorsqu'elle fit un détour par le patio.

Cette métisse longiligne n'avait en apparence, rien d'une cosmonaute. Vêtue d'une blouse et d'un pantacourt de couturier, elle faisait plutôt penser à un mannequin. S'offrant même la coquetterie de chausser des talons malgré sa taille inhabituelle, elle en avait la démarche. Elle vint droit sur eux, d'un pas très assuré, avec un large sourire. Dmitri Bogodine et Vladimir Popov en se levant pour une poignée de main, se confirmèrent par un regard, que son physique et son aisance en imposaient. Elle s'assit à côté de Shervan, souple comme un chat. Puis elle se présenta.

« Marilyn, trente ans, apprentie cosmonaute. Je suis Française. » Elle tendit son CV à sa voisine, qui le remit à Bogodine.

Il le parcourut de long en large et s'adressa à elle en Russe volontairement, car son sésame stipulait qu'elle avait étudié et pratiquait plusieurs langues.

— Par communication télépathique, qu'est-ce que vous voulez dire ?

— Eh bien je communique à distance avec une ancienne camarade, Carole. Nous échangeons quelques phrases de temps en temps pour nous entraîner, avec un alphabet que nous avons inventé.

Nos deux Russes riboulaient des yeux.

— S'il vous plaît Shervan, appelez Igor Kolli, sollicita Bogodine. Je voudrais en savoir plus sur la télépathie. Qu'est-ce qu'il peut nous en dire ?

— Je ne peux pas vous faire une démonstration maintenant, précisa Marilyn. Car elle n'est possible qu'entre des personnes très entraînées qui en ont une grande habitude. Cela fait presque quinze ans que j'ai pratiqué avec ma partenaire.

— Allô, Dmitri, Ici Igor Kolli. Vous me demandez ce que je sais de la télépathie ?

— Oui, j'ai devant moi quelqu'un qui prétend bien connaître cette « technique », si l'on peut dire.

Le chercheur prit une grande respiration avant de répondre.

— La télépathie n'est pas une science. Mais les anthropologues vous diront que comme le chamanisme, c'est pratiqué en Afrique, dans certaines Antilles et aussi en Asie. Ce type de communication, que l'on ne peut expliquer de façon rationnelle, a été constatée entre des esprits. De nombreux récits en témoignent. Le vecteur de transmission télépathique n'est pas une onde. Ça nous en sommes sûrs !

C'est attesté par des scientifiques qui ont procédé à l'expérience, en tentant de mesurer quelque chose. Ainsi donc en théorie, il n'y a pas de vitesse de propagation ni d'atténuation par quelque milieu que ce soit, d'une transmission par télépathie. Cela pourrait être intéressant pour votre mission interstellaire ! Vu la vitesse de votre vaisseau et le temps de transit des ondes radio, ce ne serait pas du luxe de disposer d'un moyen de communication supplémentaire et peut-être beaucoup plus rapide. Il permettrait de s'affranchir de la distance. Il faut vérifier ça avec votre candidate !

Il raccrocha songeur.

— Poursuivez Madame, s'il vous plaît.

— Je vis avec un compagnon. Nous ne résidons pas ensemble à Cologne car il ne peut lâcher son job. Je suis partagée entre l'intérêt de cette mission très originale, dont m'a parlé Vladimir Popov, et mes proches, mon environnement de terrienne, si l'on peut dire. J'ai compris que ce n'est viable que s'il s'agit d'un aller simple. Une rupture définitive en somme. J'ai trente ans. Je demande à réfléchir avant de me prononcer.

L'entretien conclut par l'accord de Marilyn, pour son transfert temporaire à la cité des étoiles. Au préalable, ils avaient convenu de mener une expérience de télépathie à Paris avec la fameuse Carole.

Installation dans La Zomia

« Saint Pierre de la Fage, nous y sommes enfin ! » se dit-elle en voulant rassurer Céline. Le voyage depuis Paris avait été extrêmement long et sa fille n'en pouvait plus. Elle reconnut la lande sur le plateau que Monsieur Poujerols lui avait octroyée. Elle arrêta la voiture et depuis son siège, embrassa par une lente scrutation circulaire, sa vue tant espérée. « Que c'est apaisant ! » lâcha-t-elle. Aucun obstacle, aucune aspérité naturelle, pas même un animal ou un buisson, aucun témoignage humain comme un poteau électrique, ne venait interrompre la rectitude de l'horizon. Elle ouvrit la porte. Pas un bruit.

— C'est là ? demanda Céline en tortillant un vieux ticket de métro dans sa bouche, avec comme une pointe d'inquiétude dans son intonation.

— Oui c'est bien ici, dit-elle pour la rassurer. Aide-moi. Il faut sortir la tente du coffre et la monter !

En attendant la livraison du refuge, elle avait acheté une tente d'occasion sur le Bon Coin. Elle ne voulait surtout pas passer par l'étape du gîte ou de l'hôtel. L'immersion devait être brutale, comme un choc de non-retour.

Au bout d'une heure, la tente était dressée sur ce terrain en pente douce, ce qui l'avait rassuré sur ses aptitudes manuelles, sauf qu'elle était montée à l'envers : elle faisait dos à la vue ! Prise de fatigue, elle avait la flemme de tout reprendre. Tapis et duvets installés, elle attaqua la cuisine en réchauffant quelque chose qu'elle avait préparé la veille. Elle appela plusieurs fois Céline. « C'est prêt. Viens ma chérie. » Elle souleva la séparation intérieure. Elle dormait profondément !

Le lendemain, Carole fut réveillée par la fraîcheur matinale et la lumière du soleil qui par transparence, traversait l'un des pans de l'auvent. Elle fit quelques pas dans l'herbe humectée de rosée. Elle en fut quitte pour tremper ses chaussons, puis elle prépara le petit-déjeuner de sa fille. Marc l'appela au téléphone.

— Alors bien dormi ma chérie ? Ce n'est pas trop brutal comme choc ? Le canapé, les SMS dans son chez-soi protégé à Paris, puis tout d'un coup, les bottes et les chèvres !

— Ne te fous pas de moi. Céline a bien dormi. C'est d'un calme ici !

Il était resté à Paris pour terminer ses représentations et devait les rejoindre dans deux mois. Un autre téléphone : la livraison du refuge ! Le camion était tout prêt mais il ne trouvait pas le chemin à la sortie de Saint Pierre la Fage. Dix minutes plus tard, ils étaient là et commencèrent à déposer le mécano de planches, de poutrelles et de blocs de résine.

— C'est ça notre chalet ? demanda Céline, cette fois sans tournicoter le ticket de métro dans sa bouche.

— Oui, répondit-elle à sa fille.

— On ne dirait pas un chalet. C'est vieux ! C'est quoi ces boîtes ? fit-elle en tapotant l'un des blocs en plastique.

— C'est une maison démontable conçue et dessinée par Jean Prouvé. Un grand architecte !

Elle se fit remettre le plan de montage par le chauffeur, pressé de retourner dans la Vanoise et appela Monsieur Poujerols pour solliciter des bras, indispensables pour l'aider à monter le chalet. Ce fut organisé pour le surlendemain. Ils vinrent à trois. Des gaillards costauds qui n'étaient en aucune façon, rebutés par la tâche. Avec le fameux plan d'époque, par chance retrouvé, ils dressèrent la terrasse et le plancher. Ils avaient mis du temps pour comprendre comment les blocs devaient être assemblés. Il n'y avait pas consensus. La bonne volonté et l'élan du début furent entrecoupés de jurons et de commentaires contradictoires, de plus en plus fréquents, pour aboutir à l'arrêt complet du travail. Enfin on décréta la pause. Carole leur servit un casse-croûte accompagné de rosé du Languedoc. Après avoir monté presque un mur entier, ils s'aperçurent qu'il fallait intervertir le haut et le bas. C'est Céline qui remarqua que la fenêtre était à l'envers.

Elle avait trouvé leur nouvelle habitation incongrue. Elle était moche. Le plastique des parois, sous le soleil de la montagne avait fini par jaunir. Sa mère lui fit remarquer que c'était grand, plus que leur ancien appartement parisien.

« Ça sent mauvais ! » disait Céline, se bouchant le nez chaque fois qu'elle franchissait le seuil. Cette odeur de laine mouillée mêlée de sueur, si caractéristique des refuges de montagne en était la cause. Il était hors de question de dormir avec cette odeur. Carole prit la voiture pour aller chercher du matériel d'entretien et du vinaigre pour tuer cette puanteur tenace. Il n'y avait rien de sérieux comme commerce, ni à Soubès, ni à Poujols. Il fallait se rendre à Lodève, la métropole locale pour trouver tout le nécessaire. Elle en profita pour en faire le tour et récupérer l'annuaire de tous les services utiles.

Au fil des semaines, la vie dans la Zomia s'organisa ainsi. Carole, nouvelle arrivante, se fit confier le transport scolaire et plus tard l'activité de monitrice du centre aéré. C'était l'occasion idéale, pour elle, de faire connaissance avec ses voisines. Céline avait eu une place à l'école. Elle entreprit de planter son potager. C'était assez physique et elle en fut quitte pour de nombreuses ampoules. Heureusement que Marc arrivait bientôt.

Un matin, elle dut faire face à un désagrément qui fissura son idéal. Deux compères, pas très nets, déboulèrent dans une vieille fourgonnette et lui proposèrent de planter des graines inconnues. Le deal consistait à ce qu'elle les cultive à leur profit moyennant rétribution. Elle se méfiait de ces types et en fit part au maire.

— Ah, elles sont revenues ces crapules ! se lamenta-t-il. Ce sont des trafiquants. Ils vous demandent de cultiver des pavots, puis ils trafiquent. Ils volent aussi les récoltes la nuit et les revendent en circuit court sur les marchés en bonimentant que c'est du bio. Ils n'ont jamais causé de violences, heureusement, mais ils discréditent le retour à la nature. Je vais en aviser la police d'État. Nous n'avons pas besoin de ces énergumènes ! Ici, il n'y a pas de police municipale. C'est trop petit. Ils ont repéré que vous êtes seule. Vous êtes une proie facile. Quand est-ce qu'il vient votre mari ?

— Bientôt. C'est une affaire de jours.

— Ah, tant mieux ! Comme ça, vous ne serez plus importunée.

Quelques semaines plus tard alors que Marc les avait rejointes, Carole reçut un courrier bien inhabituel. La large enveloppe était siglée « ESA », European Space Agency. Elle crut que c'était une erreur, car quel lien pouvait-elle avoir avec le milieu spatial ? Aucun, même lorsqu'elle était encore salariée. Elle en fit part à son compagnon occupé à couper des artichauts poivrade en vue de préparer quelques délices. « Ouvre donc ! » lui suggéra-t-il. L'enveloppe contenait une plaquette illustrée et bien flatteuse sur les activités de l'ESA ainsi qu'une lettre personnalisée à son attention. Elle était signée du directeur du personnel, site « Bertrand », Paris 15e. « Que me voulaient-ils donc ? » se demanda Carole. La lettre était assez longue. Elle s'assit sous l'auvent pour prendre le temps de la lire.

Il s'agissait d'une expérience que l'ESA voulait mener à Paris et à Cologne. Elle avait été retenue comme cobaye. Les frais de déplacement et d'hébergement seraient totalement pris en charge. La lettre mentionnait, de la façon la plus détachée qui soit, quelques lignes à propos de la télépathie. Ce truc ésotérique était loin d'être reconnu dans les milieux scientifiques. Alors à l'ESA ! Carole se livrait bien avec de rares voisines, à des « communications » télépathiques, elles qui étaient si éloignées les unes des autres, à presque une demi-heure de voiture ! Mais les connaissant, personne n'avait vendu la mèche, ni même le maire à qui elle s'était livrée par accident, un jour où elle avait légèrement abusé de l'apéritif. Elle se souvenait qu'elle l'avait mis dans la confidence de cette disposition qu'elle avait développée à l'adolescence. Ce jour-là elle aurait mieux fait de se taire.

Elle s'approcha de Marc, qui très fier, lui montra le contenu de sa récolte. Elle lui annonça qu'elle était missionnée pour une expérience sans danger et que cela lui prendrait trois jours tout au plus. Elle argumenta l'intérêt de cette escapade, en évoquant qu'elle en profiterait pour se rendre chez son père.

— Tu sais que par les dispositions légales au sein de la Zomia, tu n'es pas obligée d'accepter. Même l'État ne peut rien te demander.

— Mais ça m'amuse. Et puis le printemps a été long. Ça me fera un petit break.

— Dans ce cas … Tu pourrais emmener Céline et lui acheter des livres ?

— Je ne suis pas sûr que ce soit approprié. À Paris, je n'ai plus d'amies. Papa a vendu l'appartement rue Oberkampf.

Mais tu as une bonne idée, je ferai un tour des librairies pour elle.

— Tu nous diras si Paris a changé.

Un taxi était venu la chercher et c'est non sans mal qu'il trouva le lieu, après avoir tourné en rond presque toute la matinée. Cette partie du plateau venait d'être aménagée sommairement. Il n'y avait toujours que des pistes et aucun panneau indiquant les lieux-dits. Elle était en joie de s'évader un moment de la vie rustique pour retrouver la ville et surtout son amie Marilyn.

- 18 -

Esclandre à Chtchiolkovo

L'expérience de télépathie avait eu lieu comme recommandé par Igor Kolli, le mentor biologiste. Carole avait été reçue à l'ESA. Elle était contente de revenir à Paris alors que Marilyn n'avait pas été prévenue de quoi que ce soit. À Cologne, elle avait été convoquée pour signer des papiers en présence de Vladimir Popov et de deux « scientifiques » en blouse blanche. Peut-être fallait-il qu'elle subisse des examens médicaux avant son transfert ? se disait-elle.

Dès qu'elle avait été reçue, rue du général Bertrand et après avoir décliné son identité et présenté son formulaire de sortie de la Zomia, des ingénieurs de la division des vols habités demandèrent à Carole de se livrer à un test de communication par télépathie. Un détecteur de positons à résonance magnétique nucléaire avait été installé dans une pièce spécialement aménagée, pour tout enregistrer et analyser. À l'heure convenue avec Cologne, on lui fit signe de commencer. Elle était filmée. Après plusieurs tentatives, le contact entre elles finit par s'établir. Marilyn perçut un appel dans son subconscient. La puce à l'oreille, elle se douta de l'organisation de cette expérience. Dmitri Bogodine n'avait-il pas insisté sur cette disposition à la lecture de son CV ? Elle s'excusa et se mit à l'écart dans un bureau inoccupé. Elle revint après une dizaine de minutes en prononçant : « Kotelnitcheskaïa ».

Ce mot incompréhensible, était-il un test, un mot de passe ?

« C'est un quai célèbre de Moscou », répondit Vladimir. Les deux « savants » voulurent poursuivre. L'un d'eux écrivit une liste de vingt chiffres que Marilyn fut chargée de transmettre à son amie. Pour les chiffres, c'était plus difficile que pour les mots, car elles ne s'y étaient exercées que très rarement. Elles n'en avaient jamais éprouvé l'utilité. Mais d'accord, elle s'y tiendrait. L'autre expérimentateur de Cologne reçut un coup de téléphone. Il nota la série de chiffres communiquée par Paris. Enfin ils comparèrent les listes… Il n'y avait pas d'erreur.

Le succès à cette épreuve préalable était un blanc-seing pour déclencher le transfert officiel de Marilyn à Chtchiolkovo. Elle rejoignit ainsi l'équipe des apprenties cosmonautes de la Russie. Elle s'était fait attribuer un appartement dans le bâtiment des héros de l'Espace, au deuxième étage.

A son arrivée, elle fut accueillie par Nicolaï Chtchoussev, enthousiaste à l'idée d'héberger une nouvelle recrue. Elle n'était pas la seule. L'étudiante Shervan Emadian comptait aussi parmi les nouvelles pensionnaires. Elle résiderait près des apprenties cosmonautes. L'étude des relations entre candidats et candidates au « grand saut », pendant cette période de cohabitation, faisait partie de son travail de thèse. Quelles étaient leurs appréhensions face au voyage sans retour, à quoi s'attendaient-ils lors de leur future rencontre avec les humanoïdes, que jugeaient-ils d'important à témoigner de la civilisation terrestre ? Tout cela méritait d'être consigné et analysé.

Comparée à Cologne, la Cité des Étoiles, cette base de spationautes d'un autre temps, était restée dans le style soviétique : glorieuse, pompeuse, et maintenant trop grande pour l'effectif qui y résidait. La tour tronquée abritant la piscine était abandonnée depuis l'arrêt de l'ISS, comme d'ailleurs la centrifugeuse. Le personnel hésitait à la faire tourner faute de maintenance. Parmi les nombreux couloirs, avec leur moquette rouge d'époque, odorante et élimée par endroits, l'un d'eux entretenait le mythe. Il comportait une rangée de portraits de tous ceux et celles qui avaient franchi l'Espace à bord d'une fusée Korolev. Marilyn s'attardait à les examiner un par un. Commun à tous ces visages au sourire posé, le casque surmonté de l'étoile rouge et du sigle

« CCCP ». À chaque passage, Marilyn se répétait leurs noms. Un jour, elle se surprit à citer le sien.

La camaraderie n'était pas le point fort de cet incubateur, personne n'avait encore été sélectionné. La compétition subsistait et les repas silencieux pris dans l'immense réfectoire en attestaient. Rares étaient les échanges au-delà des questions banales et des formules de politesse. Shervan tentait de nouer la conversation avec les uns et les autres. À part Marilyn, personne n'éprouvait le plaisir de la voir venir à sa table. Elle se sentait presque ignorée et accomplissait des efforts méritoires pour se lier. Elle finit par comprendre qu'elle n'était ici qu'invitée et ne faisait pas partie du sérail. Les activités sportives communes de Sergueï et Marilyn, constituaient une exception dans ce climat d'évitement. Ils s'étaient retrouvés par hasard au stade. Elle s'exerçait à quelques démarrages au sprint profitant de la piste en tartan. Sergueï, lui, égrenait les kilomètres à son rythme. Il ne croyait pas en cette mission et c'est sans rapport de rivalité qu'ils se retrouvaient tous les jours autour de cette passion partagée de la course.

— Bonjour Marilyn. Vous faites de l'athlétisme ? Je vous ai chronométrée sur un demi-tour. Vous courrez vite !

— Bonjour Sergueï, fit-elle, en venant à sa rencontre, essoufflée. Non, mon sport c'est le basket. À Cologne, nous étions assez nombreux pour constituer deux équipes. Ici c'est différent. Je regrette un peu…

— On n'est pas près de faire du « sport-co », vu le climat qui règne ici, déplora Serguéï. Pour moi, c'est égal. Je n'y crois pas à cette soi-disant mission. Et vous ?

— C'est très audacieux. J'ai confiance en ce Bogodine. Il a l'air extrêmement déterminé ! Tout va se déclencher quand on aura récolté des preuves d'existence d'un autre monde.

Elle ne croyait pas si bien dire… Shervan, qui s'était absentée une semaine, revint de Moscou avec les résultats de Buyrakan, laboratoire dont elle dépendait. Elle était radieuse et ne voulait rien dévoiler avant sa présentation. Elle réserva l'amphithéâtre et colla des affiches dans la cité.

La salle était immense. Shervan, perdue derrière son pupitre. Les auditeurs — une dizaine de personnes tout au plus, dont Vladimir et Nicolaï — avaient pris place aux deux premiers rangs. Shervan exposa enfin à ce public restreint, le fruit de son travail de collecte. Vint alors la vue détaillée de K530 que chacun dans la salle avait considéré avec scepticisme.

— Cette image paraît trafiquée ! C'est tellement précis, interpella Serguéï. On dirait Ganymède, ce satellite de Jupiter. Ces mers, ces montagnes et ces ouragans, trop flatteur pour être vrai. Un peu trituré ? On n'y croit pas !

— Ce n'est pas trituré comme vous dites, rectifia Shervan. L'image de synthèse a été créée par filtration et échantillonnage du signal original issu de la tache bleue et floue de la vue précédente. On utilise une représentation fréquentielle pour générer l'image détaillée, à partir de la convolution d'Abel. C'est ce procédé que les astronomes de l'ELT appliquent pour les observations fines d'exoplanètes. Je vous assure, il n'y a aucun tripatouillage. Tout ce que vous voyez résulte uniquement de calculs.

— Hum, fit Sergueï qui voulait saper cette démonstration et surtout instiller le doute chez toutes ses collègues.

— Voilà les deux stigmates qui nous permettent d'attester que K530 est bien habitée par des humanoïdes conscients, dont le développement est voisin du nôtre, à un ou deux siècles près.

La vue que Shervan afficha, dévoilait dans la zone de montagnes, deux vallées fluviales qui se terminaient chacune par un lac. Un des lacs était délimité par une lunule, qu'elle assimila à un barrage-voûte. L'autre barrait l'étendue d'eau, par un trait parfaitement rectiligne. Pour appuyer l'hypothèse de la présence de constructions artificielles, elle afficha une autre vue représentant des barrages terrestres analogues, dont celui des Trois Gorges en Chine, le plus grand barrage du monde.

— C'est incroyable ! fit Nadejda en se levant. Ils sont comme nous !

— Ne te réjouis pas trop vite, répondit « l'esprit fort ».

— Nous n'avons maîtrisé la technique des grands barrages qu'à partir de la moitié du XXe siècle. Maintenant, je vais vous parler des conclusions du Professeur Kolli à propos de ces humanoïdes.

Un tableau comparatif apparut, Terriens à gauche et « Kolliens » à droite, Igor Kolli s'attribuant la paternité de la dénomination de ces êtres. On pouvait comparer les deux espèces à partir des lois d'échelle, sur le seul critère de la différence de gravité entre la Terre et K530. Nos apprentis cosmonautes apprirent ainsi que les Kolliens, de peau foncée, mesuraient 1,90 mètre, que leur volume crânien de 1 300 cm3 était très proche du nôtre et inférieur à celui de nos ancêtres Néanderthaliens, qu'ils marchaient à 3,3 km/heure malgré leur grande taille, soit à un pas de sénateur, qu'ils vivaient jusqu'à cent vingt ans et que leur métabolisme leur permettait de se nourrir qu'un jour sur deux.

Ces affirmations laissèrent nos auditrices très songeuses. Comment pouvait-on déduire tout cela à partir d'une rognure d'ongle et d'un trait sur une image fabriquée par des calculs ? Même Sergueï était resté coi. Il rejoignit son appartement sans un mot.

Vladimir Popov salua Dmitri Bogodine et le félicita pour sa persévérance. « Il n'y a plus qu'à lancer l'étude du vaisseau. On m'a informé que cela irait vite et que tout serait prêt pour le 12 avril ! Ils vont reprendre une fusée Angara et aménager un module Saliout associé à un vaisseau Progress pour y intégrer le propulseur photonique ainsi qu'une cabine d'hibernation. A vous Nicolaï de bien préparer notre cosmonaute et…de choisir la bonne ! »

Le climat devenait de plus en plus détestable. Chacun avait compris que les choses étaient maintenant enclenchées et que ce ne serait pas une mission de routine. Le lancement serait suivi par le chef du Kremlin en personne.

Un matin, Sergueï aborda Marilyn d'une façon singulière. Il prétendit que Nicolaï avait pris sa décision. « Ce n'est pas encore officiel, mais c'est Natalya Kuleshova qui a finalement été choisie », lui dit-il, masquant sa fourberie en faisant mine d'être déçu.

« C'est la candidate la plus apte à cette mission. Elle est jeune, elle est Russe et a fait ses armes dans l'aviation, ce qui est un prérequis ».

« Quel culot il a de dire ça ! » pensa Marilyn, anéantie par cette nouvelle. Elle retourna à son appartement. En traversant le hall, elle n'eut pas un seul regard sur les photos qui lui étaient maintenant familières.

Elle extirpa ses valises empilées au-dessus de l'armoire et commença à y jeter machinalement ses habits. Une petite voix la conjurait de reprendre son calme. Elle s'assit très lasse sur son lit. C'est vrai que Sergueï était tout sauf sincère. Elle n'avait aucune raison de prendre à cœur cette réflexion. Le soir dans sa chambre, alors qu'elle n'arrivait toujours pas à se calmer, elle réalisa à quel point cette mission lui était essentielle. « Je n'arrive ni à manger, ni à dormir ni à empêcher mes mains de trembler. Dès que le soleil se lèvera, je quitterai cet endroit ! » se résolut-elle. La nuit lui porta conseil, elle se ressaisit. Il fallait qu'elle vérifie cette rumeur. Elle voulut sonder la position de Nicolaï Chtchoussev.

Elle le trouva à la même place que d'habitude au réfectoire. Elle lui demanda s'il accepterait de dîner en sa compagnie.

— Bonsoir Nicolaï. Nous sommes maintenant à presque quatre mois du lancement. Avez-vous décidé qui s'embarquerait pour la mission ?

— Oh, non pas encore, répondit-il en toussotant, signe qu'il se sentait agressé par cette question directe. Nous avons encore un peu de temps avec Bogodine pour prendre cette décision.

— Il paraît que Natalya est bien placée. Ce n'est qu'une rumeur bien sûr, mais il n'y a pas de fumée sans feu. Et puis, elle est Russe, jeune, et issue…

Elle n'eut pas le temps de finir sa phrase, Nicolaï se leva, son plateau à peine entamé, en lui souhaitant le bonsoir. « C'est un aveu », se dit-elle. Maintenant que les bruits de couloir confirmaient une décision qui n'allait pas tarder à devenir officielle, il fallait passer à l'offensive. Elle appela Vladimir Popov, son protecteur.

— Allô, Marilyn. J'ai toujours un immense plaisir à discuter avec vous. Vous êtes une femme remarquable, répondit-il de son ton obséquieux. Au courant de quoi ma chère ?

— Eh, bien pour Natalya !

— Non, lança-t-il sans hésitation. Il y a un moment que je n'ai pas vu Nicolaï. Ce choix m'étonne un peu. Je vais l'appeler. On avisera après. Bonsoir !

Vladimir Popov était son seul appui. Mais c'était un allié de poids. Comme membre influent du parti, il tenait un porte-voix dans l'oreille du Kremlin. Le lendemain et le surlendemain elle n'eut aucune nouvelle. Elle ne sortit qu'aux heures où elle était sûre de ne croiser ni Natalya, ni Sergueï. Ça n'est qu'après une semaine qu'elle reçut son appel. Vladimir aimait bien sa protégée. Il lui confirma sans détour que Nicolaï avait mis en avant la candidature de Natalya. Mais lui, comme responsable de Ros cosmos, avait son mot à dire. Il l'informa qu'il en avait parlé au Kremlin et que son sort se jouait en ce moment. Le Camarade Président sait qu'une métisse a rejoint la Cité des Étoiles. Après avoir d'abord estimé cette idée incongrue, il la trouve maintenant excellente.

Vladimir poursuivit : « Oui c'est vrai, vous êtes une femme de couleur, mais aussi un symbole que le Kremlin ne manquera pas de mettre en avant, car ce vol sera un évènement planétaire. Ne vous désespérez pas. Vous avez vos chances ! »

- 19 -

Décollage, un siècle après Youri Gagarine

Une information provenant de Baïkonour vint rajouter à l'incertitude qui régnait à la Cité des Étoiles : la taille du vaisseau était incompatible avec un seul lancement. Il fallait procéder en deux temps. Un premier vol aurait lieu quelques jours avant le décollage officiel pour satelliser le réservoir d'énergie. Le vaisseau habité serait propulsé par une fusée Angara au calendrier convenu. La mission imposait un rendez-vous spatial. Une opération délicate à effectuer en aveugle qui devait être répétée sur simulateur. Nos apprenties devaient exceller lors de cet exercice pour être retenues. Natalya et, Nadejda avaient le plus de pratique, car elles connaissaient le matériel russe. Marilyn, manquait l'arrimage lors des premières séances. Depuis, elle redoublait d'efforts pour égaler ses devancières, comme un alpiniste se raccroche à sa corde, après avoir dévissé. Curieusement, cette épreuve améliora les relations entre les protagonistes. Loin des manœuvres de cour, ne constituait-elle pas une compétition à la loyale ?

Le chronométrage de la phase complète disqualifiait Marilyn. Elle avait beau faire, impossible d'atteindre le temps de Natalya. Quinze jours avant le lancement, elle ne progressait plus ! Jusqu'au dernier moment, on ne sut quoique ce soit sur les tenants et aboutissants.

Ou plutôt si. Natalya contracta une grippe carabinée deux jours avant que l'équipe de cosmonautes au complet s'envole pour Baïkonour. Elle surgit à l'infirmerie pour qu'on lui administre tout ce qui était connu des médecins pour faire baisser cette stupide fièvre. Elle enrageait d'avoir été frappée par le sort et s'accrocha coûte que coûte à ce que personne ne s'en aperçut.

Enfin le jour du vol évènement que tous attendaient ! Lors du remplissage d'ergols de la fusée, la procédure de vérification systématique avait été déclenchée. Les responsables des métiers indispensables au bon déroulement du vol l'appliquèrent, tels les ingénieurs, les météorologues, les fiabilistes et… le médecin. Advint le moment d'ausculter Natalya. Le docteur de la base l'examina dans la salle d'habillage au pied de la tour de lancement. Pendant ce temps, Chtchoussev, nerveux, faisait les cent pas dans la salle de contrôle. Il reçut un appel urgent. Il était question de retarder le vol pour raison technique. Bogodine faisait partie des personnalités invitées. Il devina dans le regard de Chtchoussev qu'il devait le suivre à la salle de préparation. Natalya n'était pas prête. Elle vociférait en petite tenue, tournant comme une lionne autour du médecin, qui essayait de lui faire reprendre son calme.

— Natalya est malade. Elle ne peut pas partir dans cet état !

— Non, ce n'est rien ! hurla Natalya.

Dmitri et Nicolaï se regardèrent l'un l'autre, atterrés : ils avaient pensé à tout sauf à cette éventualité. Il était impossible de reporter ce vol.

— Quelle est la consigne dans ce cas, docteur ? demanda Nicolaï.

— La procédure est claire. Elle n'a cependant jamais été appliquée… et pour cause ! Il faut changer l'équipage et le substituer par le ou la cosmonaute de remplacement.

Chacun réfléchit. Bogodine parla le premier.

— Faites venir Marilyn ! ordonna-t-il avec force. C'est elle qui s'envolera à bord de Pioneer. Ça a toujours été mon choix et je trouve que l'on a déjà trop tergiversé !

Dans un grondement assourdissant, Angara s'éleva dans la nuit noire du ciel kazakh. En direct de Baïkonour, notre envoyé spécial de l'agence TASS :

« Nous sommes le 12 avril 2061 pour assister au lancement de la fusée Angara en ce jour anniversaire. Un siècle après le vol de Youri Gagarine, est réuni ici un parterre d'officiels du Parti Communiste, dont le Président de la Russie, Monsieur Vladimir Popov, Président de Ros cosmos ainsi que du Prix Nobel, Igor Kolli, parrain scientifique de cette aventure humaine. »

Des applaudissements nourris saluèrent la séparation du deuxième étage du lanceur. « La Russie reprend enfin le leadership de la conquête spatiale ». Vladimir Popov a rappelé, au micro de la chaîne de télévision RTR Planeta, que notre fédération a mis sur pied la première mission interstellaire de l'histoire, exactement cent ans après le premier vol de Youri Gagarine. Première femme de couleur sous la bannière de la

Russie, la française Marilyn Tussaud, entraînée à la cité des étoiles, est la seule cosmonaute à bord du vaisseau Pioneer. Elle rejoindra une planète habitée, cousine de la Terre, située à quatre années-lumière, dans l'environnement de Proxima du Centaure et s'y poser.

— Professeur Kolli, cette mission initialise-t-elle la colonisation d'une nouvelle planète par l'humanité ? demanda la journaliste Natalya Vereshnova.

— Non, répondit le chercheur. Il n'y a que dans l'esprit des Occidentaux, qu'est née pareille utopie. Rappelons que la Russie, elle, a recueilli des millions de réfugiés climatiques. Nous sommes habitants de la Terre et nous y resterons !

— Alors pourquoi cette mission ? interrogea la journaliste.

— C'est une vraie mission scientifique d'anthropologie ! Un humain, une femme, va rencontrer et étudier une civilisation d'humanoïdes douée de conscience comme la nôtre. Il y aura énormément de retombées dans les sciences « humaines », je vous assure !

— Les ondes radio ne mettront-elles pas des années avant de nous parvenir ?

— Oui, mais il ne s'agit que de quelques années de patience, à comparer aux décennies durant lesquelles nous n'avons pas appris grand-chose sur l'Espace.

La mission

- 20 -

Dans l'orbite de K530

Elle ressentit petit à petit son corps avec des fourmillements dans les mollets, les pieds et les mains. Un bruit de soufflerie achevait de la réveiller. L'air pulsé très chaud l'aidait à ramener sa température corporelle à la normale. Elle était maintenant complètement sortie de sa léthargie. Elle redressa son buste avec difficulté. Son manque de forces résultait-il d'une absence totale de gravité pendant la phase d'hibernation ? Quelque chose lui entravait les phalanges. Elle voulut savoir et commanda par la voix l'éclairage de la cabine. Celui-ci se déploya très progressivement car elle aurait été aveuglée par une lumière soudaine, après des années d'obscurité totale. Enfin, elle entrevit des appendices bizarres au bout de ses doigts, comme des brindilles. Elle comprit que c'étaient ses propres ongles ! Ils n'avaient rien à envier à ceux de l'impératrice Orchidée, la dernière régnante de la dynastie des Qing. L'intensité lumineuse était maintenant nominale. Elle en profita pour tenter de se lever de sa couche. Même problème pour les orteils que pour les doigts. Enfin, son regard croisa un miroir. Elle poussa un cri lorsqu'elle vit la longueur de sa tignasse, qui telle celle des Dupont dans le pays de l'or noir, lui arrivait bien en dessous de la taille. Le cri avait déclenché une voix dans la cabine. Elle lui souhaita bonjour. S'ensuivit un monologue, enregistré avant le vol. Il avait été préparé pour son réveil. Il était bien sûr avenant, rassurant. Chaque mot prononcé, avait été mûrement choisi pour éviter toute inquiétude. Le message vocal se terminait par un encouragement de son compagnon. Son intonation trahissait que ce n'était pas spontané. Le texte avait été lu, car rédigé par d'autres. « Il avait dû faire de son mieux en pareille circonstance », se dit-elle. Après s'être fait les ongles et avoir coupé grossièrement ses cheveux, elle alluma l'écran de l'ordinateur de vol.

La phase de décélération s'était déclenchée de façon très progressive pour qu'elle s'habituât à la gravité. Marilyn pianota sur l'ordinateur pour accéder au journal de bord. Pioneer se mit à vibrer tout d'un coup. Signe de la traversée d'un nuage de micrométéorites ? Un impact à la vitesse de la lumière cela pouvait être fatal. Le choc serait tellement violent que l'on n'aurait même pas conscience d'être pulvérisé. Il y avait tellement d'électronique de contrôle que ce devait être anodin, comme les secousses dues aux turbulences dans un avion. L'historique du vol s'afficha enfin. Marilyn constata que celui-ci avait duré presque douze ans au lieu des sept prévus initialement ! Il avait fallu que le vaisseau ralentisse deux fois pour ne pas subir une déviation de trajectoire par des astres, qui en s'interposant, auraient produit sa perte dans l'abîme sidéral. Contrairement à ce qu'on lui avait assuré, le retour automatique vers la Terre ne s'était pas déclenché en cette circonstance. La mission d'abord. L'inventaire des ressources en carburant et en énergie stockée montrait qu'elle ne pourrait pas revenir par ses propres moyens, si elle le décidait. Elle avait juste assez d'ergols pour se poser par rétro poussée sur une planète entourée d'une atmosphère dite « légère », c'est-à-dire plus ténue que sur terre. L'ordinateur indiquait qu'il n'y avait plus dorénavant d'obstacle ni d'incident à prévoir jusqu'à sa satellisation dans l'orbite de K530. Il lui restait vingt-trois jours de décélération.

Quelques vérifications de maintenance lui avaient occupé l'esprit jusque-là, quand soudain, elle réalisa sa situation. Au travers des hublots, le néant, on ne distinguait rien. Même les caméras ne perçurent aucune tache lumineuse. Elle fut prise d'un violent sanglot sans pouvoir se refreiner. Elle éprouvait une solitude terrible, sans échappatoire. Était-elle oubliée par ses proches ? Qu'était devenue Carole après ces douze ans ? Sans aucune tentative de communication de la part de Marilyn, elle l'avait certainement oubliée. L'était-elle aussi par les commanditaires de cette mission ? Cette réaction était normale après tout ce temps sans aucune interaction humaine. Elle se rappela qu'on lui en avait parlé avant le vol. La solitude extrême comptait parmi les troubles psychologiques auxquels elle aurait à faire face. Mais rien n'y faisait. Des pensées noires l'envahissaient.

En prenant deux cachets d'antidépresseur, elle décida de se laisser aller jusqu'au bout de ses divagations morbides, pour ne plus y revenir. Était-elle astreinte à errer dans l'infini, perdue, sans aucun but ? Si ce n'était pas l'antichambre de la mort, ça y ressemblait ! Son réveil apparent après douze ans d'hibernation n'était peut-être qu'une illusion. « Suis-je abusée par mes sens : la vue, le toucher, l'odorat ou suis-je déjà dans l'au-delà depuis longtemps ! Quel crédit peut-on porter aux conclusions d'Igor Kolli à propos de cette civilisation d'humanoïdes ? Comme le disait Serguei, « cela repose sur des indices si infimes ! » Mais elle n'osa pas envisager que cette mission puisse être le fruit d'une invraisemblable erreur. En ressassant ses doutes qui surgissaient les uns après les autres, elle ne pouvait trouver le sommeil pendant deux jours. Les effets du Prozac commençaient alors à se dissiper. Après une fringale au lever qu'elle combla tant bien que mal avec de la nourriture lyophilisée, elle éprouva le besoin vital de communiquer avec Carole. Rien ne remplacerait l'immense soulagement de pouvoir échanger avec elle. Après quoi, son mental de cosmonaute entraînée l'aiderait à reprendre le dessus.

Marilyn rassembla ses souvenirs pour se remémorer l'alphabet télépathique. Elle s'apprêta, assise en lotus devant un panneau blanc, un feutre noir à la main et commença par se concentrer pour entrer en relation télépathique. Après cinq minutes de méditation, oh chose incroyable, le contact par la pensée s'établit ! Sa main tremblante et hésitante lui commandait les premiers tracés de carrés. Ils se juxtaposaient comme des hiéroglyphes. Elle les dessinait machinalement sans réfléchir. Mais très vite, la communication s'arrêta faute d'une concentration suffisante pour poursuivre. Elle en avait rempli déjà trois lignes. À l'aide du lexique des signes, elle en fit la traduction :

« joi de savoir vivante - comen ça va ». Elle composa en retour son message de réponse avec les carrés hiéroglyphiques, mais à cause de son extrême fatigue résultant de douze ans d'hibernation et de ses dernières nuits agitées, elle décida de remettre sa réponse à plus tard.

Rassérénée, Marilyn pouvait se consacrer à sa mission. Elle se souvint des propos rassurants et enthousiastes de Shervan Emadian lui décrivant avec un nombre de détails insoupçonnés, ces êtres humanoïdes qu'elle allait rencontrer. Elle n'en revenait pas encore de ce que l'on pouvait déduire d'extraterrestres que l'on n'avait jamais vu, même éloignés de nous par des milliards de kilomètres ! « Tout cela résume le génie humain ! » se dit-elle. Il fallait y croire et ne pas se laisser aller à la mélancolie. Elle songea à envoyer un message enregistré vers la Terre. Elle le rédigea. Cela mobilisait son esprit. Pour cette communication, Marilyn voulut soigner son apparence à commencer par ses cheveux. Elle consulta l'ordinateur qui afficha quelques exemples de coupes qu'elle pouvait réaliser elle-même. C'était des vues représentant son propre visage en image de synthèse. Équipée d'une paire de ciseaux, d'un peigne et d'un miroir, elle entreprit son ouvrage capillaire. Ce n'était pas mal ! Elle eut un frisson en se remémorant la vision de ses griffes de sorcière. Elle se maquilla. Une vraie speakerine ! Elle commença l'enregistrement par une phrase dédiée à chacun de son entourage. Puis vinrent les remerciements, à l'attention de Dmitri Borodine d'abord, puis à tous les chercheurs et enseignants qui l'avaient aidée à se préparer. Après cet afflux d'émotions, elle en était quitte pour se coucher

Toujours rien en vue. « Pourtant, je dois me rapprocher de Proxima ? Elle devrait être visible maintenant ! » se disait-elle. Le doute l'envahissait. L'ordinateur de pilotage avait déjà presque doublé la durée du vol. Et s'il était déréglé ? Elle voulut tout vérifier. Cela lui avait pris deux jours. Alors, elle ressentait que la décélération était moins forte, signe que le vaisseau s'approchait maintenant de la zone d'influence gravitaire de Proxima. Elle devrait apercevoir sans tarder les premières planètes gazeuses. Oui, c'était le cas. Rassurée, elle surveilla les indications de vol et les écrans des caméras. Elle crut déceler un point lumineux orangé sur la droite. Telle la sonde Voyager un siècle plus tôt, elle eut le sentiment qu'elle était un messager vivant de l'humanité. Elle chercha des objets caractéristiques, témoins de la civilisation terrestre. D'abord ceux des unités physiques : le chronomètre, le mètre, le poids étalon ainsi que l'ordinateur portable à la batterie décuplée. Il contenait toutes les encyclopédies et témoignages littéraires, artistiques et philosophiques que les hommes avaient patiemment produits.

- 21 -

La satellisation et l'observation

K530, la planète de destination était maintenant à portée de vue. Elle resta des heures, le nez collé sur un des hublots. Quelle richesse de couleurs, de reliefs et de complexité de cet astre. Il lui apparut évident qu'il abritait la vie. Les préoccupations matérielles induites par sa mission prenaient le pas sur ses angoisses et sa solitude. Quel soulagement ! Les ingénieurs géologues lui avaient recommandé de prendre son temps pour effectuer toutes les observations et analyses nécessaires. Il fallait être sûre ! L'atterrissage sur ce nouveau monde, elle le savait, devenait une étape irréversible de son périple. Si elle en restait à la satellisation, elle pouvait peut-être encore revenir sur Terre, par accumulation d'énergie, en rechargeant le condensateur avec les panneaux solaires. Aussi, depuis son orbite, il était indispensable qu'elle se fasse une idée précise et fiable de l'habitabilité de K530. L'étude des composants de l'atmosphère, de la température du sol, de la végétation et peut-être de la présence de zones cultivées, constituaient une première approche de laquelle elle ne devait surtout pas se contenter. Cela n'était qu'un prérequis indispensable, certes. Mais comme elle y habiterait à demeure… ce n'était pas pour y vivre seule comme un ermite. C'est bien souvent ainsi, que la plupart des nouvelles de SF se représentent le héros. Chevelu, en hayons, il devient à moitié fou par solitude, comme Robinson. Il se débat à cultiver des plantes comestibles dans une atmosphère contrôlée sous une tente en mylar, en vue de coloniser une hypothétique arche de salut. Les terriens en perdition sur leur planète mère fondent tous leurs espoirs en ce pionnier unique. Ils viendraient le rejoindre, une fois que l'astre prometteur, passerait d'étendue stérile à celui de jardin d'Eden, fruit de ses patients efforts.

Pour que Marilyn ne soit pas condamnée à la solitude, il fallait qu'elle se rassure, non pas de la présence d'être vivants, mais d'un degré de civilisation suffisant pour interagir avec ses habitants et leurs rapports sociaux. Si pour n'importe quelle raison, elle ne pouvait s'adapter à cet environnement qui tournoyait là sous ses pieds, elle savait qu'il y avait un plan B : une autre planète, Proxima B, certes moins favorable en théorie, mais située à deux pas, à quelques millions de kilomètres.

Commença alors l'analyse chimique des constituants atmosphériques. Heureusement, elle ne décela ni la présence d'ammoniac ni celle de gaz cyanogène résiduel, mortels pour les humains. Les cellules primitives avaient pu s'y développer et produire de l'oxygène. Comme sur Terre, cette atmosphère en contenait en concentration suffisante pour la vie ainsi que des gaz neutres comme un mélange d'azote et d'hélium fortement dosé.

La teneur en gaz carbonique était plus élevée que sur Terre ce qui pouvait résulter d'une activité végétale importante. L'analyse spectrométrique de l'atmosphère concluait qu'elle était propice à la vie et même respirable pour les humains ! Elle fut enfin rassurée par cette confirmation et impressionnée par les déductions qu'en avaient faites les astronomes depuis la Terre. La température au niveau du sol à la latitude de l'équateur était de 36 °C au zénith. Mais, oh surprise, le périhélie c'est-à-dire, l'angle entre son axe de rotation propre, par rapport à son axe de rotation autour de son orbite, était pratiquement nul. En clair, il n'y avait pas de saisons sur cette planète ! La période de rotation était significativement plus réduite que sur Terre, soit de l'ordre de quatorze heures. En y réfléchissant, cela changeait le rythme de vie du tout au tout. La physionomie de cet astre, telle qu'elle pouvait l'observer à l'œil nu, montrait des calottes blanchâtres aux pôles, ainsi que d'importants massifs montagneux couverts, semble-t-il, de neiges éternelles. Entre les deux, une zone bistre. Un désert ? Il y avait bien ce qui pouvait être des océans d'un bleu vert, masqués en grande partie par de gigantesques masses nuageuses spiralées, analogues à nos ouragans. Le télémètre laser indiquait des vents de 500 à 800 kilomètres par heure en altitude. Cela était cohérent avec la vitesse de rotation de la planète, plus élevée que celle de la terre. L'inconvénient de ces jet-streams se ressentirait lors de l'atterrissage. Gardera-t-elle le contrôle de la trajectoire avec des vents aussi puissants ? Ne devrait-elle pas envisager de se poser en se rapprochant des pôles ?

Enfin il fallait savoir avec une quasi-certitude si cette planète était habitée par des êtres conscients et techniquement évolués. Ils devaient avoir fondé des villes, tout du moins des constructions visibles depuis l'orbite où elle était stabilisée. Elle entama l'observation du sol et des mers avec la caméra à haute résolution. Son attention fut attirée par les vallées montagnardes où des stigmates d'activité industrielle semblaient trahir ce qui pouvait ressembler à des toitures d'usines ou de vastes zones de stockage. Elle crût même reconnaître le barrage-voûte caractéristique, visualisé à Chtchiolkovo. C'était un signe tangible qu'une civilisation, peut-être analogue à la nôtre, vivait là à quelques centaines de kilomètres. Cela devrait être confirmé par des émissions radio fréquence. Le récepteur embarqué à bord lui confirmait ses premières observations à savoir qu'il y avait des zones d'émission d'ondes radio, d'autant plus denses que le vaisseau survolait les zones montagneuses. Au-dessus des plaines côtières très tempérées, il n'y avait presque pas de traces de vie. Elle avait cependant l'intuition que c'était là qu'il fallait qu'elle commence son exploration. Elle passa plusieurs jours à scruter finement le sol des plaines équatoriales avec sa caméra. Elle en fut récompensée lorsqu'elle aperçut enfin des plans quadrillés d'un vert sombre. Il y en avait des centaines, entre un large fleuve avec ses méandres et les collines voisines verdies par la végétation. Peut-être des cultures maraîchères ? À moins que ce ne soient des centrales « solaires » ? Elle releva les coordonnées géodésiques de cette zone et sollicita l'ordinateur de vol pour établir une trajectoire d'atterrissage.

- 22 -

Se poser sur K530

Contrairement à une approche classique par freinage aérodynamique dans les hautes couches de l'atmosphère suivie d'une phase finale en parachute, Pioneer devait recourir à une propulsion mixte, à la fois par rétro poussée avec le moteur à ergols ainsi qu'avec le propulseur photonique, pour augmenter le freinage. Un alunissage en somme, tel qu'il fut étudié et mis en pratique avec les techniques balbutiantes de l'époque, il y a un siècle. Elle sollicita l'ordinateur de vol pour que le jet du laser n'impactât que la mer ou des surfaces nues et empêcher tout risque de toucher des zones supposées habitées. A défaut, si l'atterrissage occasionnait des destructions au sol, cela pourrait être interprété comme une attaque, ce qu'elle voulait éviter ! Elle se souvint des précautions qui avaient été prises lorsqu'elle quitta l'orbite de la Terre. Ce laser était une arme redoutable, s'il était dirigé par inadvertance en direction des habitations.

Maintenant que tout était prêt pour faire la connaissance avec ce nouveau monde, elle songea à Christophe Colomb, débarquant en Amérique et à Franck Picard, qui les pieds dans le vide, assis sur le bord de sa capsule, se jeta dans le vide depuis son ballon sonde à 33 kilomètres d'altitude. Il n'avait aucun moyen de savoir s'il pouvait se stabiliser dans l'atmosphère raréfiée et survivre à ce grand saut. Elle eut conscience une nouvelle fois du tournant irréversible, qu'impliquait pour elle, cette phase cruciale de la mission. Jamais elle ne reverrait un humain ! Elle éprouva le besoin viscéral de communiquer avec Carole et traça au feutre, avec l'alphabet convenu sur son tableau blanc le message qu'elle voulait lui transmettre :

« geateri - embras dniel e ma mer - pens a moi »

Carole n'était pas à son écoute. Elle recommença plusieurs fois, jusqu'à ce qu'elle eût enfin un retour.

« plu de keans ke moi - zomia ereur - pens à toi - je tadmir »

Cet échange si court et si dérisoire était le peu qui la reliait à l'humanité. Mais après ce court échange, elle ne se sentait plus seule, même à des milliards de kilomètres. Elle entreprit alors de transmettre un message radio, qui lui, prendrait quatre ans à atteindre la terre. Elle communiqua sans y mettre la moindre subjectivité, tous ses résultats d'observation depuis son orbite basse et annonça qu'elle était maintenant prête à la confrontation. Elle n'avait plus de doutes pour accomplir sa mission jusqu'à son aboutissement. La phase d'entrée dans l'atmosphère commença alors, suivie des secousses dues au vent stratosphérique. Le freinage violent induit par la poussée des moteurs la déséquilibra. Elle eut juste le temps de s'agripper à son siège. Elle se demandait si ses jambes qui avaient été déshabituées à la gravité pendant des années, pourraient lui permettre de se tenir debout. Le propulseur photonique pulsait. Le vaisseau freinait, accélérait, freinait… ce qui provoquait le mal de mer. Elle tentait de se rappeler où se trouvaient les cachets de Vogalène. Elle mit la ventilation de la cabine à fond. Enfin, après que les trépidations se soient amplifiées à l'excès, elle sentit enfin le contact des patins du train avec le sol.

Le calme revenu, elle médita un long moment en fermant les yeux jusqu'à ce que sa pulsation cardiaque retrouvât un rythme normal. L'émotion était intense. Jusqu'ici elle admettait que tout s'était bien passé et qu'elle n'avait été confrontée à aucune défaillance technique qui l'aurait mise en danger. Marilyn reprit ses esprits et par approche rationnelle, voulut mixer, pour s'y accoutumer, un peu d'atmosphère extérieure avec l'air du vaisseau. Elle décida de passer outre le risque d'être infectée par des virus endémiques dangereux. La température extérieure de 32 °C était propice. La pression atmosphérique était de 0,75 bar. Elle affichait un taux élevé de CO_2, qui immanquablement, allait provoquer chez elle un sérieux mal de tête. Aussi, décida-t-elle de préparer un respirateur au cas où.

L'aire sur laquelle Pioneer s'était posé, était plane et dépourvue de roches et de végétation. La visibilité était bonne. Il n'y avait pas de brume. La caméra omnidirectionnelle lui permettrait d'explorer cet environnement, à l'abri, dans sa boîte protectrice. Après un laps de temps, elle aperçut des humanoïdes qui s'approchaient. Ils finirent par former, à distance, un arc de cercle autour du vaisseau. Ils restaient immobiles, attendant un signe de vie. Ils étaient bien bipèdes, grands, proportionnés comme des humains. Ils se mouvaient avec une certaine lenteur. Ils étaient trop loin pour qu'elle puisse discerner leur physionomie. Elle vit qu'ils ne portaient pas d'accessoire, comme une arme par exemple. Ils étaient nus, la peau sombre et couverts d'une sorte d'onguent coloré. À moins qu'il ne s'agisse d'une peinture corporelle initiatique, telle celle des peuplades africaines découvertes il y a deux siècles ? Avant d'ouvrir l'écoutille, elle choisit de se dévêtir également, par mimétisme avec ses hôtes. La porte s'ouvrit. Le joint d'étanchéité comprimé depuis des années se déchira dans un claquement, tel celui des gants chirurgicaux que l'on extirpe de ses mains. L'échelle se déploya. Une impression d'humidité l'envahit. Il n'y avait pas d'odeur particulière. Aucun souffle d'air. Elle prit son respirateur en bandoulière ainsi que son ordinateur. Elle avait présélectionné une musique, la plus apaisante possible. Avec ses chaussons de vol à semelle de gomme, elle descendit l'échelle, son portable sous le bras. Au contact du sol, elle perçut qu'il était souple et meuble. Elle pensa instantanément aux premiers pas sur la Lune. Puis elle fit face à ceux qui la dévisageaient avec la curiosité d'un chat qui guette sa proie avant de fondre sur elle. Cependant, contrairement au félin, elle eut l'impression que leur intention à son égard était pacifique. Ils ou elles étaient trois face à elle, à moins de dix mètres. Elle crut distinguer qu'il y avait deux mâles et une femelle de taille presque identique. Leur dimorphisme sexuel était très peu marqué comme l'avait prédit Igor Kolli, le biologiste. L'un des mâles s'approcha. Elle déclencha la petite musique de son ordinateur, tout en le regardant fixement. Elle se rendit compte que son cœur battait la chamade à nouveau, mais ce n'était pas un sentiment de peur qui l'envahissait. Elle était persuadée que ces humanoïdes ne lui voulaient aucun mal. Elle posa son ordinateur par terre pour tendre les deux mains vers lui. En réponse, il fit de même, lentement, sans pour autant qu'il y ait contact. Il lui tendit un pot et mima de sa main gauche un mouvement circulaire de friction sur son corps, puis montra les rayons qui dardaient de l'étoile Proxima. Elle comprit qu'il fallait qu'elle s'enduise de cette crème, sans quoi sa peau n'allait pas tarder à cuire. Elle saisit le pot d'onguent et s'en couvrit entièrement le corps. Elle le rendit à son hôte avec un sourire, en s'avançant vers lui d'un pas. Durant cette scène, les autres s'étaient rapprochés. Ils avaient tous une couleur de peau différente. La femelle avait en plus, des symboles colorés, faits de lignes brisées, qui lui couvraient le visage, la poitrine et les bras. Leurs yeux étaient entièrement noirs, rendant leur physionomie peu expressive.

Le mâle prononça « Orin Tché » tout en portant sa main sur sa poitrine. Le son émis par sa bouche et sa poitrine volumineuse était fort, clair, mais d'une tonalité très aiguë en rapport à sa taille.

La Terrienne répondit à son invitation par son prénom « Marilyn ». Oh surprise ! Le timbre de sa voix avait changé. Elle ressemblait maintenant à celle d'un canard ! Était-ce dû à la présence d'hélium en proportion presque égale à celle de l'azote dans cette atmosphère ? Ils se tenaient maintenant près d'elle, tels des géants. Comme ex-basketteuse, du haut de son mètre quatre-vingt-cinq, Marilyn n'était pas particulièrement menue. Ils la dominaient d'au moins trente centimètres ! Elle comprit alors l'un des critères physiques qui avait conduit à sa sélection. Il fallait, pour mieux s'intégrer à ces humanoïdes, qu'elle leur ressemblât le plus possible.

Ils lui firent signe de les suivre jusqu'à ce qui pouvait ressembler au loin à un lieu d'habitations. Impossible d'estimer les distances à l'aide de repères familiers qui n'existaient pas. Après avoir marché un long moment d'un pas lent, dont Kolli avait même prédit la vitesse : 3,3 kilomètres par heure, ils approchèrent de cette « ville » et purent enfin se mettre à l'ombre, à l'abri de cette lumière bleutée, intense, qui commençait à cuire la peau. Elle intégra ainsi le caractère indispensable du baume protecteur. Ils atteignirent enfin un ensemble de constructions coniques très hautes, percées d'ouvertures rectangulaires. D'autres humanoïdes s'étaient arrêtés pour les observer. L'un d'eux lâcha une sorte de vocalise articulée, comme pour questionner celui que Marilyn suivait. Ils devaient donc communiquer comme nous de façon usuelle avec un langage parlé.

La rencontre

__Note de l'auteur__ : Pour la suite du récit et pour en accentuer l'authenticité, le témoignage de l'héroïne est raconté à la première personne et au présent.

Nous nous enfonçons enfin dans un corridor très ombragé et frais encadré par deux rangées de pains de sucre habités, sortes de termitières géantes. En pénétrant dans l'une d'elles, nous traversons un long couloir. Les deux femelles nous quittent et seule avec le mâle, je rentre dans ce qui semble être son logis. Je ravale mon inquiétude et tout ce qui en ressort de gênant. Nous nous trouvons dans une pièce cosy. Elle comporte au centre une table et des plots cylindriques. Elle dispose d'une ouverture donnant sur l'extérieur ainsi qu'un comptoir le long du mur opposé, qui me fait penser à une cuisine américaine. C'est curieux : il m'emmène chez lui en toute simplicité, comme si je faisais partie de ses connaissances et que l'on s'était quitté hier ! Cette invitation informelle m'étonne, sans qu'aucun représentant officiel, un médecin, un militaire, n'intervienne. Ils ont bien vu mon vaisseau se poser ? Cela va peut-être arriver plus tard ?

Outre Orin Tche, il y a deux femelles dans la pièce. L'une est sensiblement plus petite. Enfin, affaire d'échelle : elle a la même taille que moi. Je m'assieds car j'ai l'impression tout d'un coup d'être prise de vertiges. La fatigue, le manque de nourriture ou d'exercice physique dans un environnement à nouveau soumis à la gravité ?

Je vais mieux après avoir inspiré quelques bouffées d'air terrestre pris avec le respirateur. La « petite » m'observe. Elle s'approche de moi et s'assied tout près. Sans aucune appréhension à mon contact, elle met son bras à côté du mien. Elle me fait comprendre sans une parole que nous avons des bras et des avant-bras de longueur très comparables, dotés des mêmes articulations. Nous avons presque les mêmes mains ! Sauf ses ongles, très foncés et plus étroits. Elle est intriguée par mes seins. Bien que j'aie une petite poitrine, elle les trouve proéminents et pointus. Elle s'en amuse en mimant avec ses doigts, ces bosses incongrues qui sortent de ma poitrine. Elle soulève alors son bras gauche et j'aperçois qu'elle a sous l'aisselle ce qui ressemble à une mamelle. Est-ce l'équivalent du sein chez eux pour allaiter leur nourrisson ?

Elle poursuit son examen jusqu'à comparer nos pieds qui sont différents. Son pied est large. Surtout, il ne comporte que trois orteils, les phalanges du pouce et du premier orteil ne font qu'un. Une légère dimorphie qui l'amuse tant elle insiste dessus. Elle se lève alors et se tenant face à moi, elle me montre son nombril, puis son sexe. Sur ces particularités, nous sommes très semblables.

Cette femelle téméraire doit être leur enfant. Quel âge peut-elle avoir ? J'ai l'impression qu'elle n'a pas plus de cinq à six ans, si je compare son attitude à celle de nos fillettes. Mais comment est-ce possible qu'elle soit aussi grande ?

Je me rappelle qu'Igor Kolli avait supposé qu'ils étaient constitués de cellules diploïques, leur conférant une croissance beaucoup plus rapide que celle des humains. J'ai beaucoup à apprendre ! La lumière du jour commence à décliner. Orin Tché me fait signe de me rendre dans une autre pièce. Elle comprend une large colonne qui s'élève du sol jusqu'au plafond. Sur le côté, une sorte d'écran d'ordinateur. A part l'électronique, elle me fait penser à une cabine de douche. La porte s'ouvre et on m'invite à y entrer. Je suis aspergé par des jets puissants qui surgissent de toute part. Le baume protecteur avec lequel je m'étais enduite s'évacue. Puis viennent des souffles puissants pour me sécher. J'ai l'impression de me retrouver dans un lavomatic de station-service. Deux minutes plus tard, je sors, complètement à poil.

Après moi, les membres de cette petite famille viennent tour à tour se doucher. Dans la pièce principale, le volet de l'ouverture sur l'extérieur s'abaisse alors qu'il fait maintenant nuit noire. Surgissent du plafond, des couches qui descendent lentement jusqu'à hauteur de la taille. Elles sont individuelles, ou pour couple et revêtues d'une sorte de natte tressée comme du rotin. Malheur, il n'y a pas de drap ! C'est logique, ils ne s'habillent pas. Pas de draps, pas de tissus, ils ne connaissent pas le textile. Comment vais-je fermer l'œil ? Il faudra que je récupère demain une combinaison dans le vaisseau.

Chacun s'installe pour dormir. Je remarque au passage qu'il n'y a pas de dîner. Mon estomac commence à crier famine. Quelle nuit horrible je vais passer ! Une fois allongée, je fais mentalement un bilan de ce premier contact. Je me souviens de ma trouille, il y a quelques heures lorsque j'avais ouvert l'écoutille. Cela aurait pu être pire. C'est vrai que j'ai été on ne peut mieux accueillie jusqu'à présent. Ces êtres sont très apaisants. Vais-je m'y faire de vivre ici ?

La lumière commence à me taquiner les paupières. J'entends le bruit du lavomatic dans l'autre pièce. Je n'ai pas dormi. Toutes les couches sont relevées au plafond sauf la mienne. Orin Tché me présente sa « femme » : Mérin. Déjà enduite du baume, éclairée par la lumière du jour, elle est magnifique, avec une belle prestance. Elle me sourit. Sa fille se présente elle-même : « Tolla, » dit-elle de façon saccadée tout en multipliant des sortes de flexions-extensions comme pour sautiller sur ses jambes. Qu'elle impatience ! Elle me prend la main. C'est mon premier contact physique avec eux. Sa peau est chaude comme celle des humains. Elle m'emmène à la fameuse cabine. Là sur l'écran, elle fait défiler des dizaines de modèles de peintures corporelles. Je comprends qu'elle me demande laquelle me plairait. Avec difficulté, j'arrive à lui imposer une parure parmi les plus sobres.

J'essaye d'exprimer à Orin Tché que je crève de faim et que je voudrais récupérer des affaires dans le vaisseau. Pour la nourriture, j'ai bien fait, car là encore, rien n'est prévu. Ils ne mangent jamais ?!

Du comptoir qui tient lieu de garde-manger, Mérin extrait un énorme végétal coloré et odorant, un fruit sans doute, de la taille d'une pastèque. Elle en coupe délicatement un quartier qu'elle dispose dans un plat et me fait signe de la main, pour que je le porte à ma bouche. Le fruit est juteux et extrêmement sucré ! C'est normal, avec la puissance du rayonnement de Proxima qui règne ici ! Je mange avec avidité et je m'asperge partout. Ils se contentent de me regarder. Ce n'est pas leur heure. Je suis toute barbouillée de jus et fais mine de chercher une serviette pour m'essuyer. Comme les draps et les vêtements, ce n'est pas non plus un accessoire qu'ils connaissent. Je cours vers ce que je crois reconnaitre être un robinet et me rince le visage et les mains.

Orin Tché insiste pour que l'on se rende dans un lieu précis, choisi par lui, avant le vaisseau. Nous y allons ensemble. Telle une fillette, Tolla me tient la main. Le corridor d'hier mène à une agora vers laquelle tout le monde converge. C'est immense ! La lumière est très forte malgré l'abondante végétation grimpante et la présence de nombreux cylindres suspendus, d'où jaillit un brouillard d'eau rafraîchissant. Ça ressemble à nos galeries marchandes, sauf que c'est à ciel ouvert. J'observe tout ce qu'il y a autour de cette place centrale plantée d'arbres au troncs tortueux du plus bel effet. En marchant, la tête de côté, je ne fais pas attention à cette feuille géante qui me gifle le visage. Il y a comme de petites échoppes sur le pourtour. Je n'entrevois pas de magasins de fringues, de chaussures, de restaurants, enfin tout ce dont j'ai l'habitude. Je les observe converser, se rencontrer autour de tables regroupées au centre de la place. Ils vivent nus, pas seulement à cause des conditions climatiques très clémentes, mais surtout par l'absence de barrières et de codes sociaux apparents. Je ne vois pas non plus de distinctions de comportement entre les femelles et les mâles, tant ils se ressemblent par leur physique et leurs manières. De dos, il est presque impossible de savoir de quel sexe ils sont. Enfin, nous marchons à la rencontre d'un groupe qui nous attend. La discussion s'engage et chacun, chacune, s'exprime à tour de rôle. Parfois, Tolla me sert la main plus fort après un propos prononcé. Je me doute qu'il s'agit de moi, pour décider où je vais bien aboutir. Il faudrait vite que je puisse les comprendre ! C'est vrai que loger chez le premier venu après un voyage de quatre années lumières, c'est cocasse comme aboutissement dans un nouveau monde ! Pas de représentant officiel ? Pas d'humanoïde en blouse blanche pour m'examiner ?

C'est la fin du conciliabule. Nous retournons sur nos pas et j'essaye de faire comprendre par des gestes à mon hôte que je veux retourner au vaisseau. Il a capté, mais persiste à rester avec moi. Nous reprenons cette longue marche et dans cette plaine dénudée, nous nous frayons un chemin parmi de longues tiges qui nous dépassent et dansent au vent. Est-ce là la seule végétation de cette plaine ? Je remarque aussi qu'il n'y a pas d'oiseaux dans le ciel et pas d'insectes volants comme des mouches ou des moustiques qui viendraient, pourquoi pas, se coller sur notre couche d'onguent. Enfin cette forme au loin qui se détache de l'horizon. Je ne sais pas pourquoi, la silhouette de Pioneer que je n'ai jamais vue, me rassure. Pourtant, il est bel et bien cloué au sol ! Cette cheminée de métal se dresse fièrement sur ses pattes d'araignée. Je monte à l'échelle et entre-ouvre la porte de l'écoutille. Le vaisseau a été visité, quel capharnaüm ! Tout est sens dessus dessous. Orin Tché qui m'a suivi, constate mon dépit et me regarde ranger. Je me prépare pour une communication radio et raconte ma rencontre avec lui, son hospitalité. Je le filme avec la caméra. Comme nous humains, il se fige à la vue de l'objectif, surtout, lorsqu'il voit son image à l'écran ! Puis je prends ma combinaison et mes lunettes de traduction auxquelles je tiens comme si c'était de l'or. C'est grâce à elles que nous pourrons, je l'espère, communiquer. Je fais signe que nous partons. Cette fois, je verrouille l'écoutille pour que plus personne ne rentre. J'ai l'impression que rien n'a été volé. Une intrusion motivée par la seule curiosité, ou le jeu ? Orin Tché est intrigué par ma combinaison. Un accessoire terrien bien curieux pour lui ! J'ai l'impression qu'il veut la toucher. Je la lui tends. Il tâte lentement l'étoffe, il la malaxe avec ses doigts. Son étonnement apparent confirme que toute matière textile leur est inconnue. Ce n'est peut-être pas surprenant s'ils n'ont pas d'animaux domestiques à poil long, de végétaux à fibre fine et d'industrie de tissage.

La priorité pour moi est de pouvoir échanger avec eux. Une fois au logis, j'ouvre un didacticiel linguistique sur mon ordinateur. Je montre à Orin Tché le premier mot illustré : « chien », que la machine prononce. Quel mauvais exemple pour commencer, car j'imagine, il n'y a pas de chiens ici ! Je passe les mots inappropriés en me rendant compte qu'il y en a énormément. Puis vient le vocabulaire de la maison. Je lui confie l'ordinateur ainsi que des écouteurs, qu'il parvient à chausser sur ses oreilles. Il se met docilement à répéter les mots, les uns après les autres. Cet exercice fastidieux, il faudra que je m'y colle à mon tour avec les lunettes de traduction. Je sais où il en est, car je l'entends prononcer les mots gare, station, et l'expression « prendre le métro » au combien incongrue ! Elle me fait rire. Il y en a qui provoquent chez lui une certaine agitation comme courir, ce qui semble l'amuser beaucoup et, faire l'amour, qu'il prononce, non sans insister sur la syllabe « ouuuur ».

Mérin et Tolla reviennent avec des filets pleins de denrées, de fruits et de paquets, dont certains sont très odorants. Cela semble être le jour et le moment du repas. Ce n'est pas trop tôt ! Après ces émotions et ces deux marches, j'ai une faim de loup. Mais ces produits peuvent-ils être avalés par un humain ? Ne contiennent-ils pas de substances toxiques ou simplement indigestes ? Elles étalent sur la table ce qu'elles ont ramené. L'habitude ici n'est pas d'y consacrer des heures. On coupe, on hache, on broie, tout cela rapidement, puis tout est versé dans un cuiseur. Cette élaboration ne génère pratiquement pas de déchets ni d'emballages. Tolla m'invite à prendre place et me donne un pot cylindrique, fait avec ce qui ressemble à de la matière synthétique, ainsi qu'une sorte de seringue à ressort en guise de couverts. Il y a un liquide blanc et un liquide vert translucide dans des carafes. Mérin me sert copieusement de cette bouillie qui sort du cuiseur ainsi qu'un peu de cette boisson verte.

Elle est assez amère et légèrement alcoolisée. Est-elle le résultat de la fermentation d'un fruit ? Lorsqu'on n'a rien ingurgité depuis une journée, le verre de « vert » se laisse boire. Je me retrouve rapidement pompette. Tolla, elle, se rabat sur le liquide blanc. Du lait peut-être ? On entame alors l'opération curieuse qui consiste à planter sa seringue dans la bouillie en appuyant préalablement sur le piston à ressort. Puis on relâche la pression et la seringue se remplit de nourriture, non sans produire quelques bruits de succions. Puis on porte l'appareil à sa bouche. C'est peu élégant mais efficace. J'essaye de ne pas faire attention au goût. Maintenant habitante de K530 à demeure, je n'ai pas le choix et avale sans faire la difficile.

Une fois rassasiée, Mérin me propose de l'accompagner. Quelques gestes rapides qu'elle exécute, m'indiquent que nous allons nous rendre dans un lieu de pratique d'exercices physiques. Le club de gym local ? Il faut pour s'y rendre, prendre un transport.

Un long moment après avoir emprunté la promenade qui mène à l'agora, nous montons dans ce qui doit être un élévateur pour accéder à la plateforme. Elle intercepte un gigantesque boa aux reflets métalliques. Il suit la promenade sur une centaine de mètres au-dessus de nous, puis bifurque au-dessus d'une large allée perpendiculaire. Le sol est réservé à la marche, à la circulation de triporteurs électriques pour les livraisons ainsi qu'aux gyropodes. Nous attendons l'arrivée du véhicule avec d'autres passagers. J'observe que certains possèdent une sorte de tablette qu'ils « portent à la ceinture », si l'on peut dire. Mais contrairement aux Terriens, ils ne la dégainent pas au moindre prétexte d'attente. Il y a comme chez nous, de nombreux panneaux lumineux pour s'aiguiller dans la direction et la ligne requises. Un bruit de plus en plus fort se fait entendre, comme le souffle de l'air comprimé qui s'échappe d'une tubulure. Un tuyau articulé entre et freine dans une respiration puissante. Les portes s'ouvrent. Un appel vocal accompagné d'une sorte de carillon est sensé nous mettre en garde. Nous prenons place sur deux sièges côte-à-côte. Il y a énormément de place perdue devant nous. Nous sommes peu de passagers et personne ne semble se contenter de rester debout. Mérin prend le harnais de son siège et insiste par des gestes, sur l'obligation de m'attacher. Elle vérifie qu'il est bien serré. Même carillon, suivi d'un autre message vocal. Les portes se referment. Soudain, le tube dans lequel nous sommes à bord, prend une accélération démentielle ! Je l'estime, avec mon habitude de l'entraînement en centrifugeuse, à trois ou quatre G. C'est de la folie ! Comment font-ils avec des enfants ?

Après une dizaine de minutes, nous sommes mis-en-garde de l'arrivée proche, par un signal lumineux suivi d'un avertissement sonore très agressif. Tout d'un coup, s'ensuit une décélération puissante, qui sans le harnais, m'aurait projetée comme un boulet sur le siège devant moi. Le freinage entraîne un demi-tour soudain des sièges, qui fait que nous nous retrouvons dos à la marche. Le coup de frein final est encore plus violent que l'accélération ! Avec ces sensations et l'absence de hublots, il m'est impossible d'estimer la distance que nous avons parcourue.

Je m'extirpe les jambes flageolantes, à cause de la peur sans-doute. Du haut de la plateforme, j'aperçois des jardins enchâssés de canaux à perte de vue ! Il y a également une mosaïque de vergers que je crois reconnaître aux fruits gigantesques qui pendent aux arbres. Leurs troncs sont élevés et maintenus penchés. On leur a greffé un escalier, dont les marches sont taillées à même l'écorce, et les branches majeures sont équipées de garde-corps, sans-doute pour faciliter l'accès pour la récolte. Je reste là à contempler ce paysage, en essayant d'acquérir et de comprendre chaque détail. Mérin me saisit le poignet pour emprunter la passerelle. Il y a là des jardiniers affairés à retourner le sol, à planter et à récolter. L'absence de saisons permet d'observer ici toutes ces étapes de la culture maraîchère en même temps !

Nous passons sous une arche et aboutissons à ce qui ressemble à un stade. C'est mixte. Sur la droite, une vaste piste pour la course. Elle a le tracé d'un « U ». Des aires de gymnastique sont alignées sur la gauche. Ils sont incroyablement souples ! Assis sur le sol, c'est sans difficulté qu'ils sont capables, en s'échauffant par des étirements, de joindre la plante des pieds avec la paume de la main !

Le sport.

Mérin sautille sur place pour s'échauffer et démarre à la course un premier tour de piste. Sa foulée est curieuse : au lieu de dérouler ses jambes et de maintenir son corps à la même hauteur, elle aligne une succession de bonds. Ses foulées sont relativement lentes mais à chaque fois, elle décolle du sol, comme pour une prise d'élan de saut en hauteur. J'essaye à mon tour avec un démarrage de sprint, comme je procède d'habitude. Je me rappelle avoir emporté mes pointes et les avoir laissées dans le vaisseau. Peut-être par crainte de devoir fuir des humanoïdes prédateurs ? Ici, ça me sera bien utile. Au bout de quelques mètres, je m'aperçois que je n'arrive pas à synchroniser mes foulées avec ma vitesse. Mes jambes veulent aller plus vite que mes possibilités d'appui. Je ne comprends pas ce qui m'arrive quand tout à coup, je m'étale par terre ! Mérin s'approche et me regarde les yeux écarquillés, l'air de me prendre pour une débutante à la course. Elle me tend la main. Je me relève vexée. Elle veut m'expliquer comment faire mais sans vocabulaire…cela relève de l'impossible, même avec des gestes. En reprenant la course assez lentement, je réalise alors que tout mon souci vient que la gravité est ici plus faible. Rien ne sert de mouliner avec les jambes, il faut à chaque appui, prendre le temps d'imprimer à sa foulée un fort élan vertical. Ça va mieux ! Nous courrons maintenant côte à côte. Après cet exercice, nous nous rendons aux douches « barbouilleuses », très essoufflées, c'est ainsi que je les appelle maintenant. Elles nous lavent, puis elles nous peignent le corps. Lors du retour dans le « tube », je suis prise d'un mal de tête extrême et je n'ai rien pour le calmer. Ce doit être dû à l'effort physique dans cette atmosphère plus ténue que sur Terre. Je ressens comme un mal des montagnes. Mérin me donne un remède en rentrant et après une séance avec le respirateur, ça va mieux.

La nuit arrive et j'ai encore faim. Orin Tché qui a passé la journée à apprendre du vocabulaire terrien, m'invite à prendre ma douche. Toujours rien pour le repas.

Après deux jours passés ensemble, j'ai l'impression qu'ils essayent de trouver une nourriture qui me convienne. Ils me présentent différents fruits : odorants, pas odorants, goûteux ou non, fermes ou non, ainsi que des aliments protéinés sous forme de graines et de gâteaux. J'aimerais bien essayer de les cuisiner moi-même, mais il n'y a que ce broyeur-cuiseur à tout faire… qui gâche un peu tout. Mérin est sportive, mais n'aime pas cuisiner. C'est ce que j'en déduis. Avec un minimum de pratique culinaire, je suis sûr que l'on pourrait mettre en valeur les qualités gustatives de ces produits !

Orin Tché s'essaye à la conversation en langue terrienne. Je mets à profit ses débuts de connaissances des humains pour lui montrer sur l'ordinateur les logiciels explicatifs de notre civilisation tels que l'histoire, la géographie, la politique, l'économie…sans oublier les religions. Je les avais parcourus à la cité des étoiles et me souviens qu'ils étaient très didactiques, tout en évitant de tomber dans l'enfantin. Des universitaires de plusieurs nationalités, avaient dû plancher des heures et des heures et se mettre d'accord pour aboutir à un tel degré de précision tout en restant simples et intelligibles. Orin Tché acquiert vite. Ça va devenir intéressant ! La contrepartie, c'est qu'à mon tour, il va falloir que je me mette à l'apprentissage du langage Kollien.

Ce matin je suis allé chercher mes pointes au vaisseau et j'en ai profité pour émettre une communication radio. Bien qu'ils fassent tout leur possible pour que je me sente à l'aise, je m'accoutume difficilement à certaines habitudes, comme les nuits de six heures et la prise d'un repas tous les deux jours. L'apprentissage de la communication se poursuit. Il est nécessaire que nous commencions à échanger pour que je saisisse leur mode d'organisation sociale. Il semble que le couple, la famille, revêtent la même importance que chez nous. La hiérarchie elle, n'apparaît pas présente dans leurs rapports fonctionnels extra-familiaux. C'est une intuition qui nécessite d'être étayée. A la lumière des échanges télépathiques que j'entretiens avec Carole, nos conclusions vont dans le même sens : ces Kolliens ne sont pas très éloignés de nos utopistes anarchistes et écologistes. Je me plais à me plaindre auprès d'elle sur le but de ma mission devenu dérisoire : j'ai parcouru quatre années lumières pour me retrouver dans une autre Zomia. C'est un grand sujet de blagues entre nous !

Un peu de numération.

A force d'exercices mutuels, c'est par la parole que nous nous comprenons maintenant avec Tolla. Même s'il n'est pas encore possible de converser et d'échanger sur des concepts abstraits, sauf celui de joie dont elle m'inonde tous les jours, j'attaque avec elle la manière dont elle compte et séquence le temps. Tous les matins elle me fait réciter les chiffres, l'équivalent de 1, 2, et je dois les écrire sur sa tablette. Elle est très fière de m'enseigner quelque chose !

Elle dénombre comme nous en base dix, et là où les choses diffèrent, c'est le séquençage du temps. La journée comme la nuit sont divisées en dix déciles. Donc, un décile, c'est un peu plus court qu'une heure. La division en mois et en années n'a pas beaucoup d'importance : il n'y a pas de saisons pour rythmer les cycles de la nature. Ainsi donc, la subdivision du temps en équivalent de mois et d'années n'a pas de pertinence. Ils disent ainsi dix, vingt, cinquante journées…

Une révolution de K530 sur son orbite autour de Proxima, dure ainsi cent cinquante journées. J'apprends ainsi que Tolla est âgée de treize révolutions, ce qui correspond à environ six ans et demi. Je ne m'étais pas trompée. Elle est toute jeune ! Les Kolliens vivent en moyenne deux cent cinquante révolutions. Pour l'âge de Mérin, elle n'est pas très sûre. Elle ne fête pas son « révolutionnaire », comme son père d'ailleurs. Elle essaye de se souvenir. Après un moment, elle me dit : « quatre-vingt-trois révolutions ! »

Et Dieu dans tout ça ?

Orin Tché éprouve le besoin d'entamer un début de conversation dans ma langue qu'il vient d'apprendre. Il temporise entre ses phrases, et cherche dans mon regard, une approbation sur sa bonne façon de dire. Ce qu'il essaye de faire, doit être extrêmement éprouvant ! Aucun humain ne serait capable de parler une langue au premier jet, sans en avoir reçu un enseignement oral. Il commente ce qu'il a vu sur mon ordinateur, les guerres menées par les humains et surtout, une soumission curieuse pour lui : la religion. Ce qui l'étonne, c'est que toutes les cultures ont la leur ! Personne n'y échappe. Pour toutes celles qu'il a recensé, les fondements mystiques sont des plus poétiques et invraisemblables, surtout avec les religions polythéistes. Il a lu que dans le Panthéon des Dieux Grecs, l'immortalité est un pouvoir supérieur qui leur permet de dominer les hommes. Mais pour les hommes, la vie éternelle des Dieux est une grande injustice.

Je lui rétorque que la suprématie des Dieux sur les hommes n'est pas immuable et que leurs relations étroites et complexes ont été rapportées dans de merveilleux poèmes comme l'Odyssée. Ulysse se joue du pouvoir des Dieux et des monstres grâce à sa ruse et son intelligence. C'est par sagesse qu'il suscite la protection d'Athéna et d'Hermès. L'immortalité n'est pas pour lui une aspiration cardinale. Il la refuse de Calypso. Ces relations entre les Dieux et les hommes ont pour origine des mythes très anciens, reflets des forces et des faiblesses humaines.

Les Kolliens vivent longtemps : deux cent cinquante révolutions durant. Ce désir d'éternité des humains n'a pour lui aucun sens ! Il n'est pas rare d'ailleurs que les plus âgés, s'éloignent de la ville et se soustraient à la société pour mourir seuls avant le terme physiologique de leur vie. Beaucoup deviennent mélancoliques et meurent d'ennui. Il semble que leur comportement placide et paisible soit beaucoup moins écartelé que le nôtre entre les forces du bien et du mal. Aussi, leur existence est sans doute plus terne. Orin Tché ne comprend pas que les textes anciens comme la Bible, relatent de vies de Prophètes qui ont duré jusqu'à mille révolutions ! Alors que les humains n'en vivent que cent cinquante. D'autres divinités éprouvent même le besoin de renaître, comme Osiris !

Les « mauvais » sentiments, bannis par les enseignements religieux, que les humains nomment envie, jalousie, vanité et vengeance, sont inconnus des Kolliens. En parcourant les didacticiels sur les grandes œuvres humaines, Orin Tché remarque qu'ils sont aussi source d'inspiration pour les Arts comme la peinture, la musique et les œuvres littéraires. C'est une contradiction ! Mon hôte, ne met-il pas le doigt sur nos différences majeures ?

Leur mode de vie, est plaisant et sans contraintes. Il se nourrissent de la pratique du sport, de la marche, du jardinage, de la socialisation, mais ne sont pas stimulés par des activités créatrices et culturelles. Nous sommes plutôt individualistes. Ils sont grégaires et économes en ressources et se contentent d'assouvir des désirs simples. Comme ils vivent lentement dans une période diurne très courte, je pense qu'ils n'ont pas le temps d'approfondir.

En société, leurs relations sont basées sur un respect mutuel sans rapports hiérarchiques. Leur attitude naturellement empathique exclue tout sentiment de domination. Aussi contrairement aux humains, rien n'a pu les conduire à la société trifonctionnelle : ceux qui prient, ceux qui se battent et possèdent et ceux qui œuvrent pour tous. Ils s'étonnent que nous puissions nous soumettre à une hiérarchie, dont le représentant divin ne se soit jamais présenté aux hommes. Il observe que les religions monothéistes sont exclusivement incarnées par des dieux masculins. Il me dit :

« Alors que le Panthéon comptait des déesses, les religions du livre vous ont séparé de la nature et de la considération des femmes ! Là réside la preuve que Dieu est une pure création masculine. » Je ne peux m'empêcher de penser à Shervan et à ce qu'elle me rapportait sur la position des anthropologues de l'université de Moscou à propos des religions.

Elles ne sont que pour asservir les femmes. Nous n'avons plus débattu sur les religions tant elles relèvent pour lui de l'invraisemblable.

Dieu est une création de l'homme. Le contraire reste à prouver.
Serge Gainsbourg

Il me raconte pour changer de sujet, que dans le système de Proxima, gravite une autre planète habitée. Ils la connaissent et l'ont explorée. Elle est plus grosse, plus froide, et ses habitants sont épais et belliqueux. Ils s'entretuent en permanence pour se nourrir, s'approprier les femelles, s'assurer la suprématie du groupe ou d'un territoire. Cette information me fait froid dans le dos. Elle confirme la théorie de Kolli et l'influence de la gravité sur la complexion et le comportement des êtres vivants évolués. K530 et Proxima avaient été choisies à dessein, parce qu'il y avait un plan B : une planète de secours si celle-ci ne convenait pas. La gravité y est plus forte. Heureusement, je ne m'y suis pas posée. J'aurais été condamnée à vivre avec des monstres !

Orin Tché est un amour : il a effectué sans rien me dire, tout ce que j'aurais dû faire, à savoir rentrer le vocabulaire Kollien dans mes lunettes de traduction. Je ne sais pas comment il y est arrivé, sans explication, avec des appareils inconnus, mais il a réussi. Je meurs d'envie d'essayer, et lui demande de dire quelques mots. Les mots prononcés s'affichent dans mon langage familier, bien distinctement et en relief sur les verres de mes lunettes. Ça marche !

Je veux retourner à l'agora pour y passer un moment. Je brûle d'impatience d'observer ce qui s'y passe et surtout de capter les conversations. Mais avant de partir pour cette escapade, il me retient. Il éprouve le besoin de me dire pourquoi il a une responsabilité sur moi. Je n'ai rien compris à ses explications. Je pars seule à l'agora. Il me laisse enfin, mais semble contrarié. Ce n'est pas l'expression de son visage qui me le confirme, mais mon intuition de femme. Je pense qu'elle s'applique à tous les êtres doués de sensibilité, dans ce bas-monde galactique !

Ce lieu de retrouvailles et de convivialité est beaucoup plus vaste que l'idée que je m'en faisais. Je suis confortée dans mes premières observations. Il n'y a aucune boutique comme nous en avons l'habitude dans nos galeries terrestres, stéréotypées, de Dubaï à Shanghai, de Paris à Buenos Aires. Les Kolliennes n'ont ici aucune tentation vestimentaire pour assouvir une coquetterie, qu'elles n'expriment que très sobrement. Pas de théâtre, pas de cinéma ni de concert. Je cherche même l'équivalent de librairies et reste bredouille. Ce vaste espace public n'est dédié qu'aux retrouvailles. Je m'assieds à proximité d'un groupe de huit individus. Avec ma petite taille, mes lunettes et le blanc de mes yeux, je ne peux qu'être assimilée à une fillette victime de bizarreries oculaires. Je passe inaperçue pour ce groupe de jeunes. Ils parlent librement de sujets comme le sport, les récoltes, leurs apprentissages, mais pas de divertissements comme on les connait, ni de culture. Les discussions n'excluent pas le flirt, au contraire. Les approches se font sans détour, en présence des autres membres du groupe. Enfin, il y en a deux qui se lèvent et s'éloignent. Vont-ils faire leur petite affaire dans un coin ?

Une « femme » s'approche de moi et me demande si je suis perdue. Je lui réponds que non. Elle me prend pour une enfant, et insiste pour me raccompagner. Je suis incapable avec mon vocabulaire restreint de refuser son offre. Elle me ramène d'où je viens. A la vue d'Orin Tché qui m'attend, je suis extrêmement vexée.

- 23 -

Le peuple des montagnes

Je commence à me plaire dans ce monde pas si éloigné de celui des humains. Il ressemble presque au territoire d'exil de Carole, dans sa Zomia. La simplicité et la bienveillance des Kolliens me touchent, sauf un petit détail : les repas. Malgré les efforts de Mérin pour adapter ses bouillies à mon goût, le résultat est catastrophique. On m'annonce que je dois me rendre loin d'ici. Orin Tché me conseille de récupérer des affaires au vaisseau pour un long séjour. Qu'entend-il donc par long séjour ? Il me dit un quart de révolution. Traduit dans mon échelle de temps, c'est environ deux mois.

Le peuple des montagnes a détecté Pioneer lorsqu'il était en orbite et a observé mon atterrissage. Ils déplorent que je ne me sois pas posée chez eux. Ils veulent m'analyser ainsi que mon astronef, porteur d'une technologie bien singulière. J'apprends ainsi que la rencontre du deuxième jour à l'agora qui me concernait, avait pour but de me transférer chez eux. Il a été établi finalement que je reste, le temps d'acquérir nos langages respectifs pour pouvoir communiquer. Je dois avouer que je n'ai pas fait de gros efforts et Orin Tché baisse les bras et se range à l'idée de mon départ temporaire. Il n'a pas réussi à ce que j'apprenne le Kollien, au-delà de la centaine de mots courants que je pratique le plus souvent avec Tolla. Si j'avais connu l'enjeu, je ne me serais pas laissée aller. Je déplore d'avoir infligé cet échec à mon hôte et m'en veux… mais la curiosité m'envahit. Je suis impatiente de rencontrer un autre peuple aux mœurs différents. Après tout, je suis une exploratrice et ai été missionnée pour ça !

Il m'explique que les habitants des montagnes ne doivent en aucun cas franchir la frontière et se rendre dans les plaines. La limite entre les territoires est intangible et personne jusqu'à présent ne l'a traversée pour quelque motif que ce soit. Mon cas est donc complexe. Mon transfert aura lieu à la frontière. Orin Tché m'accompagne. Je ne m'inquiète pas à l'idée de m'y rendre. Nous empruntons le tube, seul transport que je connaisse ici. Le voyage est long. Orin Tché le met à profit pour me livrer quelques détails sur le peuple des montagnes.

Ainsi ce sont des « technologues », comme il aime à le dire. Ils vivent environnés d'objets fabriqués, ils sont vêtus de tissus et vivent moins longtemps car toujours occupés. Je m'inquiète de savoir s'ils sont accueillants et pacifiques. Il m'affirme que oui.

Nous subissons le retournement des sièges et le freinage violent auxquels je commence à m'habituer. En sortant du tube, Orin Tché me prend le bras, un contact physique qu'il n'avait jamais entrepris jusqu'alors, et me regarde dans les yeux comme au premier jour. Il me dit adieu.

La frontière se présente telle une falaise infranchissable. Je distingue des silhouettes qui se détachent de la crête. Un comité d'accueil ? À l'horizon, des pics montagneux couverts de neige. Il fait plus frais et j'éprouve l'envie soudaine de porter des habits. La plateforme mène à un ascenseur, c'est la seule issue.

La porte s'ouvre. Je me retrouve nez à nez avec un Kollien habillé, la tête ceinte d'un bonnet peu seyant. J'ai tout d'un coup l'impression que cet ascenseur me mène dans les bureaux de l'ESA pour y subir un test de recrutement.

Il m'accompagne jusqu'à une cabine d'essayage et m'invite à me vêtir d'une des tenues accrochées à un portant. Il me montre la douche. Celle-ci n'est pas une barbouilleuse, il fallait s'y attendre. Ces vêtements ne me vont pas. Ils ne sont pas coupés pour des humains, et surtout bariolés comme les peintures d'onguent. Mais sur des vêtements cela ne me confère aucune élégance. C'est finalement avec ma bonne vieille combinaison terrestre qui me sert également de pyjama depuis de trop nombreuses nuits, que je sors. Le temps passe au gris et il fait froid.

Le transport ici est différent, et celui dans lequel je monte ressemble à s'y méprendre à l'une de nos petites navettes autonomes, telles que nous les connaissons. Elle emprunte une piste tortueuse. Nous traversons un pont, pour rejoindre une voie de circulation plus large qui longe une rivière. Le paysage est bucolique et montagnard. Malgré le ciel couvert, cette vallée enchâssée entre des versants gris sombre, a un aspect rassurant, qui n'est pas sans rappeler les vallées Alpines de notre bonne vieille Terre. Elle m'est plus familière que les grandes plaines nues que je viens de quitter. Les mêmes longues tiges qui flottent au vent. Je ne distingue pas de fleurs. Il me semble apercevoir d'énormes animaux laineux dans les prairies, tels des yacks, les premiers que je vois. Après une vingtaine de minutes de trépidations, le véhicule franchit un porche et pénètre dans un garage. Un groupe est là qui m'attend. Ils me font signe d'un salut, chacun leur tour, accompagné d'une phrase de bienvenue à laquelle je ne comprends rien. Où sont mes lunettes ? Ils patientent et espèrent que je réponde dans leur langue. A mon tour, je leur dit bonjour de la même phrase matinale avec laquelle Tolla me réveille. Je comprends que ce n'est pas ce à quoi ils s'attendent. Trop enfantin de ma part sans doute…

En les suivant dans les couloirs, je crois distinguer des équipements médicaux. Je me trouve maintenant dans un hôpital et je vais subir des examens — le type d'accueil auquel j'aurais dû me soumettre, au premier jour. Je me livre vaillamment aux scrutations des machines de visualisation 3d, aux palpations diverses, à la prise de sang et même à une ponction !

La restitution a lieu dans une grande salle. Ils sont réunis là autour d'une table de conférence en « U » et m'attendent. Ils ne leur manquent plus que la blouse blanche et pour un peu, je me retrouve comme à une épreuve de sélection à Chtchiolkovo. Ils me prient de m'asseoir au centre, à la meilleure place. Les vastes écrans disposés sur trois côtés affichent mon anatomie. Parfois y est adjointe celle d'un Kollien à titre comparatif.

Je m'aperçois d'ailleurs qu'ils n'ont pas d'os de clavicule, ni de péroné, dont les fonctions, pour nous Terriens, ont toujours été jugées comme superflues. Un vestige de notre origine reptilienne ?

Ils discutent à bâtons rompus et à leurs hochements de tête, paraissent satisfaits des informations qu'ils ont collectées. Pour compléter leurs acquisitions sur les humains, ils me demandent mon ordinateur. J'accepte de leur laisser. Il sert à véhiculer et à transmettre tout ce que les Terriens ont accumulé de connaissances et de cultures. Avec ça, ils en ont pour un moment ! On me raccompagne pour me conduire dans un petit bourg non loin de là, où je vais être logée. C'est une habitation basse, vitrée de tous côtés. J'entends le bruit apaisant d'un ruisseau. Le lendemain, je leur fais comprendre qu'avant toute chose, il est impératif que je puisse m'habiller correctement. Le petit-déjeuner est sauté, comme de mauvaise habitude.

Après quelques jours, je retourne au même hôpital pour subir une petite intervention. Celui qui me semble être un chirurgien, très affable, me reçoit. Il veut me convaincre qu'il est nécessaire que j'acquière la langue pour que nos échanges puissent être fructueux et profitables. Il me propose, non sans promouvoir cette solution, de me greffer une puce qui contient le langage Kollien et qui bien sûr, sera connectée dans mon cerveau, aux neurones qui commandent la parole. Il ressent que je n'adhère pas spontanément à cette idée. Après un moment de réflexion, il évoque la pratique des Terriens, moins physiquement intrusive, qui consiste à me l'enseigner, comme pour les enfants, dans le cadre d'un apprentissage classique. Imaginant le nombre de révolutions que cela nécessiterait, j'opte sans hésiter pour la solution à la Kollienne et me retrouve une heure après, avec une légère proéminence à la tempe gauche.

« Vous verrez, il y a un laps de temps nécessaire pour s'y habituer. L'influx nerveux dans votre cerveau est plus rapide que le temps de réponse de cette sorte de dictionnaire cybernétique — pour l'écoute et la traduction de ce que vous entendez, mais surtout, pour que les muscles qui déclenchent la parole, obéissent aux consignes de la puce qui vous a été greffée. Essayez ! »

Je tente de lui demander dans sa langue si cette puce lit dans mes pensées et si elle est capable de les transmettre. En fait, j'ânonne, car le réflexe naturel consiste à obéir d'abord aux ordres de mon cerveau, dans ma langue. Ils viennent instantanément, alors que l'électronique, elle, nécessite un temps de calcul et de réponse. Aussi, les mots en Kollien viennent avec retard et se télescopent avec ceux de mon langage naturel.

« Vous verrez, d'ici quelques journées, vous vous y habituerez parfaitement ! Nous avons prévu pour vous un parcours découvertes dans les vallées. C'est très comparable aux régions du Pamir et du Karakorum de votre planète. J'espère que vous apprécierez. »

Je suis plus que surprise qu'il puisse me citer des lieux de chez nous, que la plupart des humains n'ont jamais vus. Et pour faire Terrien, il me tend la main en guise d'adieu.

Et la drague, pourquoi pas ?

Dans cette vallée étroite un peu sombre et lugubre, les courtes journées de dix déciles sont encore trop longues par manque apparent de distractions. Non loin du pont, il semble qu'il y a un lieu convivial. La dernière fois que je suis passée, il était éclairé et il y avait du monde. Je décide de m'y rendre et commande un transport avec la tablette qu'ils m'ont prêtée. Une navette autonome vient me chercher et me dépose à l'endroit convenu. Il ressemble à nos restos sur le pouce où les convives se retrouvent en fin de journée. Les discussions s'animent, en témoigne le volume sonore. Les serveurs apportent des amuse-gueules à picorer. Je procède comme à l'agora et m'installe au milieu de la salle, là où les groupes les plus nombreux et les plus volubiles se sont formés. Ils sont habillés du même uniforme au sein de chaque table, avec la même couleur de chemise. Des rendez-vous après le travail ? Sans doute. Ceux-là sont plus prolixes que les Kolliens de la plaine. Je procède ainsi à m'y rendre régulièrement et puis ce soir, on vient m'aborder.

— Je peux venir à votre table ? Cela fait plusieurs soirs que je vous vois seule.

— Oui, bien sûr asseyez-vous, lui dis-je avec un sourire.

— Vous n'êtes pas d'ici, interroge le montagnard — c'est ainsi qu'on les appelle dans ces vallées.

— En effet. J'ai parcouru quelques milliards de parsecs* avant d'aboutir ici.

Après un temps d'étonnement, il reprend.

— Je me disais aussi, avec ces yeux… Je m'appelle Darien, et vous ?

*Unité de distance utilisée en astronomie, soit 300 000 km c'est-à-dire la distance parcourue par la lumière en une seconde.

— Marilyn. Je me suis posée dans la Plaine et j'y ai passé quelque temps avant de traverser la frontière.

— La Plaine, le pays où les « gens » vivent nus et se couvrent de cirage ?

— Oui, je lui confirme, dans un éclat de rire.

— Ils sont vraiment très rustiques ces habitants de la Plaine ! Vous ne trouvez pas ?

Il n'ose pas me poser la question de la vraie raison de ma venue. Est-ce par crainte ou pour ne pas m'embarrasser ? En le regardant, je distingue cette petite bosse qu'il a lui aussi sur sa tempe.

— Je vois que vous avez comme moi cette sorte de puce. On m'en a greffée une pour comprendre et parler votre langue.

— Nous en avons tous une, m'explique Darien. C'est très pratique pour le « Contrib » et pour acquérir des biens.

— Contrib, qu'est-ce que c'est ?

— Oui, excusez-moi vous ne pouvez pas comprendre. On dit Contrib pour désigner sa contribution à la société par son occupation. Ainsi, moi je m'occupe de mobilier. Et vous ?

— Sur la planète Terre d'où je viens, eh bien ma Contrib s'appelle spationaute, c'est-à-dire que je suis exploratrice de l'espace interstellaire. Je suis missionnée ici pour analyser les similitudes et les différences entre vous et nous les Terriens.

— C'est passionnant !

Quelqu'un en retrait, intrigué, qui a entendu nos derniers propos veut se joindre à nous pour participer à la conversation. Mais Darien le rabroue et lui fait signe qu'il va le rejoindre. Il veut me garder, moi et mon secret, rien que pour lui.

— Vous parlez de différences et de similitudes. Qu'est-ce que vous avez de différent à part vos yeux ? Ils sont très expressifs d'ailleurs !

— Eh, bien nos pieds ne sont pas pareils. Je me déchausse pour les lui montrer. Nous avons des os en plus, qui ne servent à rien et puis il y a les glandes mammaires.

À son étonnement, je comprends qu'il veut vraiment en savoir plus. Je déboutonne ma chemise et lui montre ma clavicule. Puis je l'ôte, et en levant le bras, lui montre que je n'ai pas de glande mammaire sous l'aisselle.

Il riboule des yeux en observant mes seins, comme l'avait fait Tolla. Il n'est pas le seul…

— Vous ne pouvez pas faire ça ici ! me dit-il gêné. Rhabillez-vous !

— Ça, c'est une similitude avec les humains. Les vêtements rendent prudes et sont un marqueur social.

— Marqueur social ?

— Oui votre uniforme : la couleur de votre chemise. Il n'y a pas cette distinction chez ceux des plaines. Le cirage comme vous dites, ils n'en mettent que pour se protéger et par pure considération esthétique.

Darien m'invite à prendre quelque chose, car il devine à la tête que je fais en voyant passer les plateaux de collation, que je meurs de faim.

Je dévore ce qu'il a commandé et qu'on me présente enfin.

— On se revoit demain ? me demande Darien.

— Avec plaisir ! Merci pour l'encas.

Nous nous sommes revus souvent. Il se garde bien à chaque fois de préserver notre intimité, car il tient à ce que notre rencontre soit exclusive. Il a envie de moi, c'est un sentiment humain qu'il éprouve et que je ressens. J'ose à peine vous confier que nous avons fini par faire l'amour…dans un recoin de la salle.

Les sports d'hiver aussi.

Mon guide de circonstance me contacte en laissant un message sur ma tablette. Vient l'heure de cette randonnée en montagne. Il préconise tout un équipement, dont de l'onguent protecteur — ça, je connais — et des lunettes anti UV. La liste mentionne des chaussures pour névés et des vêtements chauds. Faisant confiance à celui qui gère le dépôt d'articles de sport, je n'ai rien essayé, sauf les chemises constituées d'une étoffe des plus rugueuse qui soit.

Il me retrouve ce matin avec son transport. Il fait beau et je suis plus que ravie de cette escapade ! Cela me fait tellement penser à la Terre !

— Je m'appelle Damien, se présente-t-il avec le sourire, en ôtant son bonnet.

— Vous vous appelez Damien ? Je connais un Darien. Il est d'ici.

— C'est normal, explique-t-il. Beaucoup de noms masculins commencent par « Da ». Voulez-vous que je vérifie votre matériel ?

— Oh, je pense que ce n'est pas nécessaire. J'ai bien suivi vos recommandations !

Durant le trajet d'approche, nous retrouvons ces animaux poilus qui m'intriguaient. Damien nous arrête. « Venez, dit-il. Nous allons les approcher. »

Nous marchons difficilement dans une sorte de prairie où des nuées d'insectes virevoltent à notre passage. Les herbes sont si hautes, qu'elles me fouettent le visage. Il faut les écarter à chaque pas pour progresser. Toujours pas de fleurs.

Après avoir contourné quelques bouses malodorantes, un des monstres poilus nous fait face. La taille des végétaux et des animaux est démesurée, comme celle des Kolliens d'ailleurs ! Damien arrache quelques brassées d'herbes et de tiges. Si j'avais fait ça à sa place, je serais déjà par terre. « Venez avec moi, approchez-vous sans crainte, il ne va pas bouger ». Après un temps d'hésitation, il vient à notre rencontre en se dandinant, placide. Une fois à notre hauteur, sa tête m'apparaît énorme, de la taille de celle d'un éléphant ! Damien lui tend sa friandise. L'odeur du foin l'émoustille et après une oscillation de la tête et un souffle puissant, il la saisit délicatement. « Vous pouvez le caresser, il ne vous fera aucun mal ! » Avec appréhension, je me risque à lui gratter la tête et après avoir malaxé cette épaisse tignasse, sans pour autant atteindre son front tant elle est épaisse, je comprends pourquoi mes chemises tissées avec ces poils, sont si rêches.

De retour au transport, je me gratte les jambes. L'herbe est-elle urticante ? À moins que ce soient les insectes ? Pendant que mes démangeaisons s'amplifient, au détour de la route, se dresse enfin à l'horizon cette gigantesque muraille couverte de neige. Elle domine, majestueuse, le front des nuages, de plus de la moitié de sa hauteur. Ce n'est qu'à la fin du jour, rosie par la lumière de l'astre couchant qu'elle se détache du ciel. Alors je me rends compte de l'échelle inhabituelle de ces montagnes. Il me dit que les monts Dorahvan culminent à plus de douze mille mètres !

— Est-ce que des Kolliens s'y sont aventurés ? Ce doit être un exploit de gravir ces sommets ! demandai-je.

— Personne n'est allé là-haut. L'atmosphère n'y est plus assez dense pour permettre à un montagnard de respirer. Nous ne nous aventurons pas au-delà de 1 500 mètres.

— Même avec l'aide d'un respirateur ?

— Non c'est trop dangereux répond Damien. Il y a eu tellement de tentatives qui se sont soldées par des morts ! Le dénivelé est hors de portée de nos capacités physiques. Demain, nous marcherons pendant trois déciles environ sur ce sentier que vous apercevez à gauche. C'est un parcours à hauteur stable qui n'exige pas d'effort soutenu. La vue sur la vallée et la chaîne de Dorahvan depuis ce balcon est magnifique. Vous vous en souviendrez !

Le début du parcours est prometteur, il n'a pas menti et prend même quelques photos pour moi. Je n'arrive pas à m'habituer à notre cadence de marche, trop lente à mon goût pour ce faible dénivelé, à tel point qu'absorbée dans mes rêveries, l'habitude des randonneurs sans doute, je me plaque tout d'un coup la tête dans son sac à dos ! Il me fait signe avec le bras sans se retourner, de modérer mon allure. Je me discipline en tentant d'adopter un pas plus lent mais rien n'y fait. Heureusement que la pente de notre sentier vient à augmenter et là, je cherche mon air. Insensiblement, le sac à dos de mon guide s'éloigne de plus en plus et après un quart de décile, il n'est plus en vue. Je profite du paysage et de cet environnement de montagne si apaisant. Le bruissement de l'eau des torrents se réverbère sur les parois rocheuses et les cris stridents, tels ceux de marmottes ou de rapaces m'évoquent de merveilleux souvenirs d'enfance. Après un lacet, je me retrouve nez à nez avec Damien, campé sur un rocher. Il m'attend. Je le questionne à propos de l'absence d'oiseaux. Il n'a jamais vu d'animaux volants. Ça n'existe pas ici. Si je me réfère à mes cours à Cologne, c'est peut-être la densité de l'atmosphère qui est trop faible. Elle ne permet pas à une aile d'assurer une portance suffisante pour voler ? Est-ce aussi la cause de l'absence d'avions ?

La migraine carabinée due au mal des montagnes mise à part, cette marche m'a fait le plus grand bien au moral. J'ai complètement oublié à quel point je suis loin de chez moi. Comme je voudrais revenir ici souvent, tellement ça y ressemble !

Je renoue les liens télépathiques avec Carole que j'avais mise de côté, le temps de ma rencontre avec Darien. Céline grandissant et en âge de démarrer des études, elle a dû revenir à Paris. Lodève, c'était trop petit pour trouver une université. Elle est restée en contact avec Shervan qui a bien progressé en télépathie ! Bogodine ronge son frein car dans le contenu de mes messages radio espacés, il n'y a pas assez de consistance pour une communication en anthropologie du monde interstellaire. Il se console en se disant que je dois passer du bon temps ! Mais il ne peut poser sa candidature à l'Académie des Sciences de Russie. Il n'a plus l'entrain nécessaire pour s'engager dans un deuxième projet de mission. Mais il faut lui reconnaître, il a vraiment apporté une contribution déterminante à l'exploration spatiale !

Je vais faire un effort et lui transmettre une banque de données encyclopédique sur K530 et sur les Kolliens. Je pense à ces scientifiques qui m'analysent. Ça doit être dans leurs cordes de produire ces documents pour moi.

- 24 -

Un retour possible ?

Nous sommes réunis dans la grande salle du conseil en forme d'hémicycle. Les gradins sont pleins. Il peut y avoir là, trois cents personnes ? On me fait asseoir au centre, au deuxième rang. Maintenant, je comprends le Kollien comme ma langue maternelle et me rends compte que cette assemblée est réunie pour décider de mon sort. Mais pas seulement.

L'exposé démarre par des vues à l'écran du Système solaire, accompagné de ses planètes telluriques. S'affiche alors une magnifique vue de la Terre, telle qu'à distance équivalente, nous l'aurions reconstituée, comme à Buyrakan, en image de synthèse. J'ai un serrement au cœur en apercevant ma planète mère.

S'ensuit une série de clichés de mon anatomie. D'abord mon portrait. Je ne me trouve encore pas si mal pour une Terrienne qui a été bombardée de rayons cosmiques pendant plus de dix ans ! Puis se succèdent des sections et des images « 3d » de mon corps. C'en est gênant de voir mon intimité projetée à cette taille devant trois cents personnes. Je me suis habituée à vivre nue, mais quand même ! Le physiologiste que j'avais rencontré la première fois dans cet hôpital, les commente et conclut qu'entre Kolliens et Terriens, que de similitudes il y a !

Deux officiels se relayent pour la suite de la conférence. Je pourrais comparer l'un d'eux à Vladimir Popov. En tout cas d'après son discours, je déduis que sa fonction est équivalente. Il me fait signe de me lever. Je me retourne et salue l'assemblée. Brouhaha dans les rangs…

Il propose de me ramener sur Terre. Mais comment ? L'argumentation tourne autour de la situation de mon vaisseau resté en zone de plaine. Il est indispensable de le récupérer pour le reconditionner et le renvoyer là d'où il vient.

Les politiques s'interpellent à propos de la frontière. N'est-elle pas infranchissable pour les Kolliens des montagnes ? Impossible d'y pénétrer, à cause des traités signés avec les habitants en zone de plaine. Les échanges fusent sans qu'une proposition réaliste n'émerge du débat.

— Serions-nous capables de concevoir et de réaliser un vaisseau équivalent à celui des Terriens ? interroge l'un d'eux à l'adresse de l'orateur.

— Avons-nous la technologie ? demande un individu au fond, affublé d'un curieux couvre-chef.

— Cela prendrait beaucoup de temps ! répond le facilitateur des débats. Quitte à s'engager dans cette voie, autant envisager à notre tour, une mission sur Terre.

Brouhahas à nouveau dans les gradins. Le chef de cette commission consultative veut conclure. Il propose de négocier lui-même avec la plaine pour pouvoir survoler leur territoire et récupérer le vaisseau. Cela m'imposerait de rester là, de ce côté de la frontière. Comment pourrais-je faire autrement ? Car je dois émettre régulièrement mes rapports pour Roscosmos.

Nos rendez-vous avec Darien s'espacent. Les rapports affectifs entre Kolliens et Kolliennes des montagnes sont peut-être fugaces ? Je n'insiste pas et n'éprouve pas de vrai sentiment amoureux envers lui. Je ne le relance pas et me prends à regretter ma famille d'accueil. Même si nos relations jusque-là ont toujours été d'une extrême pudeur, elles n'en sont pas moins d'une authenticité qui me touche. Je revois mentalement le visage d'Orin Tché qui me prit le bras pour me dire adieu…

Après une vingtaine de révolutions, le responsable de l'astronautique veut me rencontrer. Il m'envoie un transport. Ils sont trois à me recevoir, dont l'orateur de l'assemblée que je reconnais.

— Nous avons discuté avec les habitants des plaines, dit-il. Ils sont d'accord pour que nous récupérions votre vaisseau. Bien entendu, nous ne procéderions à cette opération qu'avec votre accord.

— Vous l'avez, dis-je, sans trop réfléchir sur le moment. Mais je dois y accéder pour transmettre à la Terre des données complètes sur vous, dont je ne dispose pas.

Ai-je le choix de contrer leurs intentions ?

— C'est bien naturel, me dit-il en me rendant mon ordinateur. J'y ai ajouté vos examens physiologiques comparés et notre conclusion, le tout traduit en langage Terrien. Vous verrez que nous avons ajouté des didacticiels tels que les vôtres, sur notre histoire, la géographie et nos connaissances les plus récentes en sciences.

En examinant le contenu des fichiers, je vois qu'il y a même un compte rendu de leur mission sur Proxima B, la planète des monstres, au cas où il nous prendrait l'envie de nous y rendre.

— Voilà ce que nous vous proposons.

Ils m'exposent leur projet.

Ils sont étonnés que les Terriens m'expédient seule, à une si longue distance, sans possibilité de retour. Ils l'interprètent comme une grande confiance de leur part, en l'existence d'une civilisation évoluée sur K530, sans en avoir récolté aucune preuve. Il ne fait aucun doute dans leur esprit, que la civilisation Terrienne accueillerait à son tour et sans réserve, un spationaute Kollien. Ils sont persuadés que les Terriens mettraient tout en œuvre pour que leur astronaute, puisse à son tour revenir sain et sauf, s'il y avait une difficulté.

« Ne faut-il pas envisager pour vous une solution de retour, doublée d'un échange avec un messager Kollien vers la Terre ? » propose l'un d'eux. Ils suggèrent d'aménager une deuxième place dans mon vaisseau, puis de le remettre en orbite et charger le réservoir d'énergie pour un vol retour dans les mêmes conditions qu'à l'aller.

Je pense à l'argument de Bogodine. S'il n'y a qu'un seul passager, on évite ainsi les désaccords entre membres d'équipage et une mutinerie. J'ai maintenant plus de cinquante ans d'âge physiologique. Si j'accepte leur proposition de retour, j'en aurais plus de soixante à mon retour sur Terre qui elle-même, en aura accumulé beaucoup plus, à cause des phénomènes temporels relativistes. Est-ce que Bogodine sera encore de ce monde ? Comment accepterais-je de voir Carole si âgée alors que je l'avais vue lycéenne ? Je n'ai pas tant d'attaches que ça sur Terre au point de vouloir revenir à tout prix.

Cette nouvelle vie ici, j'ai fini par m'y habituer et surtout à apprécier ses habitants. Ne suis-je pas bien ici ? L'idée de passer dix nouvelles années dans le vide interstellaire me révulse. Ils le perçoivent à l'expression de mon visage, et n'insistent pas. Ils me proposent de me faire raccompagner jusqu'au territoire de la plaine.

Je vais aussi pouvoir revenir quand bon me semble, m'assurent-ils, comme pour me laisser le temps de transmettre mes derniers messages radio avant qu'ils récuprent le vaisseau.

Que s'est-il passé ? L'histoire des Kolliens

J'ai maintenant assez de recul pour comprendre que la dichotomie entre les populations de K530 est très semblable à celle qui existe chez nous, entre la zone active et la Zomia. Ce territoire de plaine, sans élevage et donc sans textile, sans industrie, est pelé comme un caillou. Les Kolliens des plaines s'y sont néanmoins adaptés et s'en satisfont sans chercher querelles avec leurs voisins. Ils ne consomment que dix fois moins d'énergie et de ressources naturelles que les montagnards. Ils gèrent leurs territoires seuls sans s'assujettir à un pouvoir dominateur, au contraire de cet idéal humain, illustré sur le frontispice du Léviathan de Hobbs, qui asservit pour garantir la sécurité de tous, sur Terre et dans l'au-delà. Ils me feraient plutôt penser à ces villageois isolés de Bucovine, dont les maisons sont éparpillées dans la nature, sans qu'il n'y ait ni mairie ni place centrale. Les organisations politiques et économiques dominantes se sont déplacées ici naturellement dans les zones de montagne, à l'image des colons du Far Ouest. Mais ils le reconnaissent, les territoires des vallées ne sont plus suffisamment vastes et pourvoyeur de ressources, pour un peuple en constant développement démographique. Aussi la convoitise sur d'autres territoires riches en faune, flore et minerai, se fait de plus en plus vive. La planète voisine, Proxima b, a été explorée dans ce but. Elle est vaste, couverte d'une végétation luxuriante et n'est que peu éloignée. Il suffit pour s'y établir, de trouver un moyen de « neutraliser » les humanoïdes rustres et belliqueux qui y habitent. Ainsi plusieurs expéditions spatiales ont-elles été organisées là-bas pour capturer quelques individus, les ramener pour les analyser et surtout pour trouver un moyen biochimique de les asservir aux Kolliens. Mais tout est affaire de gravité.

La découverte d'un traitement efficace pour transformer des monstres belliqueux en une force de travail docile a été un succès. Les Kolliens des montagnes en ramenèrent tant et tant, pour poursuivre leurs expériences et pour les employer à des tâches particulièrement ingrates comme le creusement de tunnels ou le terrassement de voies de circulation à flanc de montagne. Dans un nouveau milieu de faible gravité, les monstres de Proxima b n'éprouvaient que peu de besoins à se nourrir. Le même traitement appliqué in situ et en forte gravité ne fonctionnait plus. Par docilité excessive, ils ne chassaient plus ni n'arrivaient à retrouver leurs instincts originaux de lutte pour la survie. Sans apport suffisant de nourriture, ils dépérissaient et mourraient rapidement. La colonisation de Proxima b fut abandonnée, même si cette planète semblait prometteuse en territoires et en ressources. L'annexion d'une planète habitable ne justifiait pas d'en exterminer ses habitants, fussent-ils sanguinaires.

Cet échec, m'éclaire maintenant sur leur intention de vouloir expédier l'un des leurs sur Terre dans mon propre vaisseau.

C'est inattendu. Je leur avoue que je veux prendre le temps de réfléchir avant de me décider et retourner pour cela, au-delà de la frontière. En fait, je tergiverse pour gagner du temps.

Après avoir vaillamment passé la frontière et emprunté le tube, me voilà sur le seuil du logis d'Orin Tché. Il m'accueille immobile, le visage figé et je devine à son attitude que quelque chose s'est brisé en mon absence. Tolla a beaucoup demandé après moi. Mérin a jugé que cette situation, c'est-à-dire ma présence qui s'interpose dans sa famille, ne peut plus durer. Lorsqu'elle a appris mon retour, elle est partie avec Tolla.

J'ai mis trop d'affects dans ma relation avec Orin Tché et les siens. Quels efforts n'ont-ils pas fait pour que je m'intègre parmi eux ! Dois-je partir à mon tour ? Je m'assimile à une intruse et le regrette.

Pendant cette période lourde de culpabilité, je me réfugie souvent au vaisseau. Si je n'ai pas véritablement ma place ici, dois-je partir ? Vu de la Terre, on s'imagine que des conditions biologiques favorables sont suffisantes pour s'acclimater sur une autre planète, sans oublier qu'elles ne se rencontrent qu'avec une probabilité infime. Mais bâtir avec des êtres si éloignés de nous, des relations sociales cohérentes est une tout autre difficulté ! Il faut que je m'intègre ici et que j'écarte définitivement de ma tête toute éventualité de retour.

Je reçois un appel à télépathie, mais ce n'est pas Carole. Je réalise que la puce que l'on m'a greffée est la cause de mon trouble. Contrairement à ce que l'on m'a affirmé, elle permet de transmettre mes pensées…et aussi à capter celle d'autres Kolliens qui veulent entrer en contact avec moi. Qui peut-il vouloir communiquer ainsi ? Quelqu'un qui sait ? Je pense à Darien… c'est bien lui.

Il m'annonce une grande surprise : « j'ai été sélectionné pour monter dans le vaisseau et rejoindre la Terre avec toi ! »

J'ignore par quel hasard il a été retenu. Je me souviens de la lutte avec Natalya, à la cité des étoiles, pour que je sois sélectionnée, et encore, cela a été le résultat d'un concours de circonstances. Sur K530 n'est-ce pas beaucoup plus facile ? À moins que les responsables que j'ai rencontrés aient eu connaissance de notre relation intime. Comme Nicolaï Chtchoussev, ils croient en les vertus du couple, comme équipage psychologiquement le plus stable pour une mission de longue durée.

Je ne saute pas de joie en apprenant la nouvelle. Je lui annonce néanmoins que je suis contente pour lui.

— Bravo Darien pour ta nouvelle Contrib. Tu es cosmonaute maintenant !

— Oui, on va former une merveilleuse équipe, tu verras !

— Quand vont-ils récupérer Pioneer ? Pour l'instant, je le squatte. Tu sais, il est vraiment petit pour deux êtres qui devront cohabiter dix ans !

Ce n'est pas à lui que je veux annoncer la primeur de ma défection. Mais avant, je dois voir Orin Tché. Ce qui me gêne, c'est que Darien lit dans mes pensées. Peut-être s'est-il déjà aperçu que je ne l'accompagnerai pas ?

Orin Tché n'est pas un expansif. Il a de l'affection pour moi, sur ce point, je suis sûre de ses sentiments. Il souhaite me voir vivre avec lui…c'est ce qu'il m'avoue maintenant. Je lui dis que j'ai décidé, malgré la proposition des montagnards, de ne plus retourner sur Terre. Enfin il me serre dans ses bras.

Deux journées plus tard un énorme ballon survole l'agora. C'est si inhabituel ! Tous lèvent les yeux vers le ciel dans un silence communicatif. La stupeur passée, ils suivent son vol en courant, attirés par la curiosité, tant cet aéronef est une grande nouveauté pour eux. Il se stabilise au-dessus du vaisseau. Une multitude d'élingues descendent lentement de son ventre pour l'agripper et le soulever du sol. En moins d'un décile, ce qui constitue mon viatique pour la Terre, s'éloigne maintenant et disparaît de ma vue et de ma pensée. J'annonce ma décision à Carole ainsi qu'aux montagnards : Darien sera le seul à embarquer.

Je remarque d'ailleurs qu'elle progresse beaucoup en télépathie. Le flux de sa pensée s'est accéléré, au point que son débit d'idées est tel, qu'elle parvient presque à me parler sans recourir aux hiéroglyphes. Je ne fais que lui répondre par oui et par non. Elle ne s'en formalise pas.

Nous avons avec Orin Tché de longues conversations à propos de nos origines respectives. Il veut ardemment approfondir ses connaissances sur les Terriens. Le domaine des religions est oublié, il ne m'en parle plus. Ce qui l'étonne maintenant, c'est la démarche qui a conduit à m'expédier seule jusqu'ici, sans volonté de conquête par les humains de nouveaux territoires. Nous sommes tellement plus nombreux qu'eux ! Notre besoin en ressources est si insatiable ! Il ne comprend pas.

Je lui parle de la personnalité de Dmitri Bogodine. Il a voulu, contre le déroulement logique de son destin de broker, se lancer dans la découverte d'extraterrestres doués de conscience. C'est la seule réponse qu'il attendait : savoir que nous ne sommes pas seuls. Cela relève du mystique.

Il a des doutes sur les capacités technologiques des montagnards à envoyer un Kollien vers une planète aussi éloignée que la Terre. La possibilité qui s'offre maintenant à eux de récupérer mon vaisseau en ordre de marche est une aubaine. Il éprouve de l'intérêt pour assister au lancement. Il sait que je suis la seule personne qui puisse le lui permettre.

Qu'ai-je demandé là ! Il est presque plus difficile de faire traverser la frontière à un Kollien des plaines que d'en expédier un à des années-lumière ! J'ai beaucoup appelé et argumenté pour qu'il puisse être présent. Ils ne sont pas habitués à ce genre d'attitude, mais à force d'insistance, ils ont accepté.

Peu après ces démarches, Carole me met en garde à propos de Pioneer. Il semble que son logiciel de pilotage ait été conçu de telle sorte qu'il ne puisse jamais revenir. Cet aveu me glace les sangs ! Ainsi, s'il m'était arrivé quelque chose, j'aurais été délibérément abandonnée dans le vide interstellaire ? Renseignements pris auprès de Bogodine, la sécurité de mon vol aller a bien été assurée, y compris pour un éventuel retour en cas de problème. Mais, une fois le vaisseau posé, une procédure automatique de non-retour se serait enclenchée. Elle est pratiquement impossible à inhiber selon Bogodine. Cette logique de non-retour lui a été expressément imposée par les autorités de Ros cosmos.

J'essaye de comprendre ce qui a justifié cette disposition, mais n'y parviens pas.

Carole argumente alors la logique de Ros cosmos, telle qu'Igor Kolli la lui a rapportée.

« Si aucun extraterrestre n'est venu sur Terre jusqu'à présent, c'est qu'aucune civilisation n'a la connaissance suffisante pour le faire. Selon lui et surtout selon Vladimir Popov, le degré de connaissance scientifique et technologique d'une civilisation s'accompagne forcément d'une maturité de conscience équivalente, qui seule mène à une exploration pacifique, dans un but exclusif de connaissance…et sans arrière-pensée d'une colonisation future.

En permettant à d'autres d'utiliser notre vaisseau, nous courrons un risque : celui de court-circuiter cet équilibre entre leurs connaissances techniques et leur intention morale pour cette mission. Elle n'est pas forcément fraternelle. Bien qu'ils t'affirment le contraire, rien ne garantit qu'un Kollien vienne sur Terre dans un but purement anthropologique. Après tout, ils sont allés sur Proxima b pour la coloniser. Le laser de propulsion est aussi une arme redoutable à tel point qu'il a présenté un danger d'obsolescence de la dissuasion. »

Puis Carole rapporte à Ros cosmos ce qui s'était passé à propos de la tentative de vol retour par les Kolliens. « Marilyn a essayé de faire stopper le lancement, mais le responsable de la mission n'a rien voulu entendre. Elle tenta de mettre en garde Darien par télépathie mais il était si concentré, qu'il n'était réceptif à rien d'autre.

Pioneer décolla dans une lumière aveuglante. Le sol du pas de tir fut pulvérisé par l'attaque du propulseur photonique. Marilyn se souvenait que les Terriens avaient jugé beaucoup plus raisonnable de le mettre en route une fois le vaisseau hors de l'atmosphère Terrestre. Elle n'eut plus aucune nouvelle de cette aventure. »

- 26 -

La télé transportation

Bien plus tard, après quelques révolutions, le mal du pays revient à nouveau. Ce tissu rêche dans lequel je m'enveloppe pour dormir et qui tient lieu de drap, l'absence d'activités culturelles, ces nuits si courtes… dont celle-ci, pendant laquelle j'ai mal dormi à force de gamberger sur le passé. Ce n'est pas le mal de tête qui revient régulièrement, mais plutôt une nostalgie qui émerge de plus en plus souvent. Parfois cela dure plusieurs déciles. Plus que l'éloignement, c'est, quoi qu'on en dise, ce mode d'existence limité en stimulations qui me déprime. Je suis isolé et parfois le mal du pays m'envahit. Je n'arrive plus à me résigner à ne plus pouvoir revoir les miens à jamais, ma famille, mon environnement à Cologne, même s'il manquait d'humanité et de chaleur, le club de basket, la Terre quoi ! Cela génère par moments, des crises d'angoisse très aiguës.

Ce matin je rêve par intermittence. Carole se tient devant moi debout, immobile. C'est absurde ! Aussi je me retourne et me rendors pour chasser de ma tête ce rêve absurde. N'y tenant plus, je me réveille complètement et me redresse vers la tête de la couche. Carole est bien là qui m'observe…

— C'est toi Carole ? Comment as-tu fait pour arriver jusqu'ici ?

— La télé transportation ma chère, répond-elle avec un large sourire. Je ne suis pas physiquement là, mais tu peux me voir.

— Comment est-ce possible ? demande Marilyn.

Je m'approche de Carole, j'essaye de la toucher mais mes doigts traversent son poignet. Mon amie est comme une enveloppe visuelle en trois dimensions à la façon d'un hologramme. Mais en plus, elle bouge et paraît même capable de me parler !

« J'ai travaillé après quelques années avec Shervan Emadian et son maître de thèse, Igor Kolli. Tu sais qu'il est prix Nobel ! Un homme très étonnant. Il savait par Bogodine, au sujet de nos conversations télépathiques. Ça l'a intéressé d'approfondir cette technique. Contrairement aux autres scientifiques, il a pris ça très au sérieux. Il a lu un nombre incalculable de publications sur la télépathie, pour se persuader que l'on pouvait se télé transporter, comme je le fais avec toi maintenant. Il avait raison !

Nous nous sommes entraînées ainsi avec Shervan. Au début, elle n'était pas très douée. Elle avait une telle ferveur envers son maître de thèse… qu'elle s'est laissée convaincre. Elle a progressé rapidement. Nous nous placions chacune dans des pièces différentes et nous apparaissions l'une devant l'autre. »

— Là par exemple, tu me vois, demande Marilyn ? Tu saurais décrire la pièce ?

Carole tourne la tête et commence à se déplacer autour du lit.

— Oui, je te vois. En fait, j'utilise ton ouïe et ta vue par la pensée. C'est grâce à ce partage sensoriel que je perçois ton environnement.

— Mais tes paroles, d'où viennent-elles ?

— Je ne te parle pas physiquement. C'est une résonance que je provoque dans ton cerveau. Je communique avec lui.

Un bruit survint. Orin Tché entre dans la pièce.

— Je te présente Carole. Tu la vois ? lui demande Marilyn.

Carole découvre avec surprise la morphologie d'un Kollien. Elle s'attendait à des différences plus marquées avec les humains. Elle admit qu'il pouvait parfaitement tenir le rôle de compagnon d'une femme.

— Non, où est-elle ? se demande-t-il en s'avançant pour relever le volet obscurcissant de la fenêtre.

Il revient vers la porte en traversant le corps de Carole. Elles s'esclaffent toutes les deux ! Il ne s'est aperçu de rien. Étonné, Orin Tché lui demande ce qui la fait rire.

— C'est par ce que je n'ai pas mis mon baume ce matin ?

— Non, ce n'est pas ça, dit-elle pour le rassurer. Tu ne remarques rien dans la pièce ?

Elle lui prend alors la main ce qui provoque à nouveau le fou rire de Marilyn. Orin Tché, est gêné et ne comprend pas la situation. Elle finit par abréger son embarras en lui vendant la mèche.

— Nous sommes trois dans cette pièce : toi, moi et mon amie Carole avec qui je communique par télépathie. Tu ne la vois pas ?

— Je ne vois rien que nous deux.

— Regarde vers la fenêtre et concentre-toi.

— Tu sais Marilyn, il ne peut pas me voir. Les échanges de perception ne sont possibles qu'avec des personnes qui ont une grande habitude de communiquer entre elles par télépathie. Malheureusement, je pense que ce ne soit jamais possible qu'Orin Tché puisse me voir un jour !

— Carole, ta présence, même immatérielle, est un rayon de soleil pour moi ! Je suis comblée !

— Bon anniversaire Marilyn !

*   *   *

Postface

Proxima est une reprise stylistique d'Explora, ce premier roman que j'avais écrit et autoédité en 2019, soit avant l'invasion de l'Ukraine par la Russie. Il y a si peu de temps, nous vivions encore la fin de l'erreur Trump et par réaction, nous Européens de l'ouest, étions tentés de nous tourner vers l'Est, plus porteur de progrès et d'avenir comme l'annonçait Dominique de Villepin dans sa vibrante allocution introductive à la Sorbonne. Nous y avions cru avec une certaine naïveté. Le contexte transparait dans ce roman que j'ai laissé comme tel. Avec la répression de Hong Kong et les menaces qui pèsent maintenant sur Taïwan, le mirage du modèle chinois s'éloigne et son alliée, la Russie, se complet dans son rôle de paria alors que nous avions façonné avec elle des partenariats patiemment bâtis depuis trente ans, pour qu'elle rejoigne le seul camp viable, celui de l'occident. Si j'avais écrit Proxima aujourd'hui, l'origine de l'exploration interstellaire en aurait été changé. Dmitri Bogodine aurait peut-être été Ukrainien, Kazakhstanais ou Indien ?

TABLE DES MATIERES

Les préparatifs

Bibliographie

Chroniques de l'espace. Jean Pierre Luminet. Edition du cherche midi 2019.

Zomia ou l'art de ne pas être gouverné. Une histoire anarchiste des hautes terres d'Asie du Sud-Est. James C. Scott. Edition Points. Mai 2019.

Les Lois d'échelle. La physique du petit et du grand. Thomas Séon. Odile Jacob. Octobre 2018

Moteurs, contraintes et régulations de la croissance. Cours de biologie du Collège de France. Thomas Lecuit. 2019

Sapiens face à Sapiens. La splendide et tragique histoire de l'humanité. Pascal Picq. Flammarion 2019

Voyage interstellaire. Wikipédia. Septembre 2019

Les lasers extrêmes. Faire jaillir la matière du vide. Entretien avec Gérard Mourou. La Recherche. Octobre 2019.

Le CERN. République des professeurs Tournesol. Gilbert Charles. Décembre 2009.

Toute la vérité. Révolte Jeune. Journaux Trotskistes. Cohen-Solal. Septembre 2019.

Le monde a-t-il un sens ? Jean-Marie Pelt, Pierre Rabhi. Fayard. Juin 2014.

Être vivant. La nuit des idées au Collège de France. Perig Pitrou, Stephane Mazevet, Ludovic Jullien, Lauren Kamili. Janvier 2020

Anomalies cosmiques. La science face à l'étrange. Aurélien Barrau. Dunod. Septembre 2022

Rouge – art et utopie au pays des soviets, réunion des musées nationaux, Grand Palais, 2019

L'évolution Créatrice. Henri Bergson. 1907